GRISELDA GAMBARO

Escritos inocentes

GRISELDA GAMBARO
Escritos inocentes.

GRUPO EDITORIAL NORMA
Barcelona, Buenos Aires, Caracas,
Guatemala, Lima, México,
Panamá, Quito, San José, San Juan,
San Salvador, Santafé de Bogotá, Santiago

Primera edición: Agosto 1999
©1999. Derechos reservados por
Grupo Editorial Norma
San José 831 (1076) Buenos Aires
República Argentina
Empresa adherida a la Cámara Argentina del Libro

Diseño: Ariana Jenik
Foto de tapa: Lucas Distéfano

Impreso en la Argentin por Verlap S.A.
Printed in Argentina

CC: 20928
ISBN: 987-9334-32-9
Prohibida la reproducción total o parcial por
cualquier medio sin permiso escrito de la editorial

Hecho el depósito que marca la ley 11.723
Libro de edición argentina

Alfredo De Musset comete muchos errores de apreciación en su artículo *El poeta y el prosista*, algunos no tanto imputables a él sino a ciertos criterios de su época que hoy nos parecen ingenuos.

"La prosa no tiene ritmo determinado", dice, y él mismo lo desmiente con su propia prosa.

Pero también afirma algo para pensar: "El novelista, el dramaturgo, el moralista, el historiador, el filósofo, ven las relaciones entre las cosas; el poeta aprehende la esencia".

La correspondencia Flaubert-Turgueniev.

Insólito: Flaubert es el más tierno, el más demandante.

Turgueniev, rico y generoso, que le dio tantas pruebas de amistad, desde traducirlo hasta enviarle desde Rusia caviar y salmón, es más distante.

Al final me dio pena porque se murió Flaubert, correspondencia interrumpida.

He vuelto a leer *Di adiós al mañana*, de Horace Mc Coy. No me pareció tan buena como la primera vez, quizás por la innecesaria explicación del carácter del protagonista (aunque qué rica esa relación abuela/amante). De cualquier modo, un texto sólido. Curioso que la historia de esconderse bajo las faldas de la abuela se repita en *El tambor de hojalata*, de Gunter Grass.

Le voci della sera, de Natalia Ginzburg.
La Ginzburg nunca *viola* a sus personajes, extraordinaria su manera de encararlos, cómo, con tanto pudor, tanta reserva, los revela por entero. Aunque el libro tiene humor por momentos, qué triste es. No la tristeza de N.G., no la melancolía de N.G., la tristeza y melancolía de vivir.

Asedio preventivo, de Heinrich Böll.
Amo a este autor. Podrían no ser interesantes (para mí) los problemas religiosos de sus personajes: la insuficiencia de la confesión, la falta de castidad de los sacerdotes, la duda de asistir o no a la iglesia. Pero en esos problemas hay un conflicto sincero, privado y social. Su mirada es notablemente ecuánime, incluso cuando se refiere a los terroristas, cuando se refiere a los polizontes. Es un poco antiguo, nada posmoderno, y su escritura, por lo menos en la traducción, nunca deslumbra. Pero

está ahí, tan firme en medio de su tiempo, diciendo sus verdades aunque quizá sepa que no será escuchado.

Ayer fui al Juicio a la Junta Militar. Extraña sensación. Creer en algo vaga, imperfectamente parecido a la justicia. Algo también para conformarnos. La sensación de que por primera vez hablaban los ofendidos públicamente. Y ante la dimensión de las ofensas, sentir que era poco, que a pocos alcanzaría el juicio y el castigo.

Sagitario, de Natalia Ginzburg.
Como en *Le voci della sera*, hay una voz relatora que permanece en segundo plano. Su escritura es como una ola que llega suavemente a la playa, pero esa ola es parte de un mar inmenso, esa ola *es* el mar.

Por comparación, qué superficiales parecen muchas narradoras argentinas. Qué minuciosas. Tratamos de probar: que estamos en el mundo, que conocemos las nuevas técnicas, que escribimos o no escribimos como mujeres.

Una gran escritora, la Ginzburg, que estuvo en el entierro de Sciascia.

El 23 (3/85) se suicidó Hebe Serebrisky. No puedo sacármela de la cabeza. No sé si siento pena, piedad o irritación. El suicidio es siempre una venganza. También me digo: no ser omnipotente. El más entero es frágil criatura.

El exceso de inteligencia consume.

Vi *La pasión según San Mateo*, de Pasolini. Una película en la que un notable refinamiento se une a la mayor austeridad. Me emocionó descubrir al escritor Alfonso Gatto, ya fallecido, en el rol de Andrés.

Gatto, que nos reprochaba "un mal uso del vivir", el desperdicio de nuestras horas, incluso de las cosas que se tienen. Un hombre que tanto amaba la verdad. "Alguna vez, en algún día de gloria, hemos creído milagrosamente que en puntas de pie casi la tocamos. Ha habido un instante, sí, en la vida de cada uno, en el que nos hemos avecinado más... Pero sólo la búsqueda de la verdad es la que cuenta, la sed de querer alcanzarla."
También decía: "Defiendo a las víctimas, sí, pero no es verdad que defiendo a los vencidos: defiendo a aquellos que merecían vencer".

En una pared de la Facultad de Medicina leí esto:
Marcela, te adoro
ZONA SACRA
Marcela o muerte.

A veces está la idea, pero nɔ la inspiración, la energía. Entonces, es mejor dejar la idea, arrumbarla como a un trasto del que no se sabe muy bien para qué sirve, pero que alguna utilidad tiene que se nos escapa. Si la idea es buena, crecerá entre los barrotes que le hemos impuesto, de micifuz se transformará en tigre, romperá su prisión. Entonces, será el momento de escribir (la).

Ayer encontré a un joven autor que me había dado a leer el original de su primera novela. Con buena voluntad se forzó a aceptar mis comentarios, muy prudentes, pero en el fondo no entendía nada. De esa novela va a pasar a otra que abarcará todos los géneros: ciencia ficción, policial, erótico, etcétera. El compendio de todos los compendios. No es tan joven para tanta ambición. Hay un punto en que la ambición se transforma en soberbia. Debí ser más veraz. Decirle: escribí un cuentito, si es posible hablando de la sopa.

Una frase escuchada en *Kaos*, de los Taviani: "Hay que aprender a mirar con los ojos de los que se fueron".

Cenamos con Raquel Forner y Miguel Ocampo. La Forner, vestida de ocre, un poco dura de oído, se interesa por pocas cosas, la pintura, el cine, pero se interesa bien, profundamente.

Estoy leyendo otra vez *Respiración artificial*, con deseos de que me guste. La madeja narrativa es muy delgada. Y aunque el tema es atractivo, la escritura abusa de las repeticiones y los subrayados en bastardilla terminan por agotarme.

En medio de una novela que me parece frágil, unas frases redondas y perfectas en las que brilla una hermosa inteligencia.

Los subrayados en bastardilla deben ser usados muy cautamente porque el exceso implica: desconfianza hacia el lector o inseguridad del autor de ser bien comprendido. Cada subrayado en bastardilla debe significar un acto ineludible de justicia semántica, un discreto llamado de atención. Cuando se abusa de los llamados, el otro quiere quedarse sordo.

Hace días releí la frase de Marguerite Yourcenar: "Toda felicidad es inocente". Nada más cierto. Pero también ninguna inocencia capaz de generar más culpa.

"...se maravilló una vez más ante el difuso y enorme peso que puede ser arrojado dentro de la ignorancia de una intención..."
Henry James (*La edad madura*)

El atardecer. Si uno lo mira, su avance es tan lento, hacia las sombras con lentitud. Lento e inexorable. Avanza inmóvil.

No deseamos que nos comprendan en lo racional, en lo *comprensible* sino en lo oscuro de nosotros mismos. Y es preciso comprender también del mismo modo.

Poner distancia con lo que uno es. Fomentar en uno mismo la indiferencia, la paciencia. Ser *apacible*.

De la alegría podemos decir que nos pertenece, crea una solidaridad efímera con el objeto que la provoca: los árboles, el cielo y la belleza de las flores. En cambio, la solidaridad del dolor es despojada. Nuestros dolores sólo sirven si no los reducimos a nuestra propia historia.

Mientras se mira el techo con el corazón desgarrado, iluminar la pena oscura, adherir al conocimiento, la ardua mirada que emparenta nuestro dolor con el aprendizaje nunca saciado de lo que somos sobre la tierra.

Las palabras son como casas. Algunos las escriben mostrando la fachada, otros van de la cocina al comedor y creen que recorren el mundo.

"(El nombre de la belleza no puede divulgarse.)" Así, puesto humildemente entre paréntesis en *El bosque de la noche*, de Djuna Barnes.

Pienso en el viejo Tolstoi. Tardó mucho en abandonar el lujo, como él decía, en decidir "apartarse de la vida mundana para vivir en paz y recogimiento los últimos días de su existencia".

No hay que morir en la estación. El tren partió sin él. Esperó demasiado. ¿O no? ¿Cómo saberlo? Tal vez baste la *decisión* de partir.

"El conde Tolstoi, un día, se puso en camino. Nadie nos puede decir si él pasó, o no, el umbral de la tierra prometida y tanto deseada."

Me parece que me repito, que todo ha sido dicho. Mi tono me suena a *déjà vu*.

No sé si empezaré una novela. Cansancio, una especie de repugnancia. Una voz dice, hay que empezar, y entonces he escrito pequeños retazos sin ilación, nada demasiado bueno. Sin embargo, sé que la obstinación es una de las maneras.

Nicolás, de seis años, me contó un sueño. Estaba en la calle, la maestra venía a su encuentro y él le decía: ¡Alto! Está asesinada.

Leí unos cuentos de Clarice Lispector. Estaba sentada en la cama y de pronto levanté los ojos y sentí una intensa alegría. Entre el libro y yo, la alegría. De que alguien hubiera escrito (para nadie, para todos) y de que yo pudiera leerlo.

Releí a Lichtenberg. Caja de sorpresas. Él sí sabía ser libre. Caminaba por su cuenta, nadie podía desviarlo, alcanzarlo en su inteligencia. Tan inteligente que *imaginaba*.

Volvió mi madre en sueños y le pregunté por qué yo era siempre niña cuando corría a sus brazos. Y ella me dijo: porque no aceptás mi muerte.

Eugenie Grandet.
No es Eugenie el personaje más rico de la novela sino *le bonhomme* Grandet y Nanón, la criada. Las situaciones entre los dos son preciosas por los hallazgos en la observación de los comportamientos, por la sutileza psicológica. Balzac es irritante cuando se pone moralista y beato, pero qué genio cuando en realidad *mira*.

Días enteros en las ramas, de Marguerite Duras.
En una traducción indigerible del año 57, española. A
pesar de todo, el primero de los relatos, precisamente
Días enteros en las ramas, parece casi perfecto.

Leí esta frase de Raúl Gustavo Aguirre: "Lo que entiendes es tu destino" y la cité mal en una conversación.
Dije: Lo que *no* entiendes es tu destino. Y cuando lo
pensé, me pareció que el no era más justo.

"Si decidiera
No retornar más
Ciruelo que vives junto a mi puerta
No olvides en la primavera
Florecer puntualmente"
                    Sanetomo Minamoto (1192-1219)

Les espions et autres pièces satiriques, de Mouza Pavlova.
La primera dramaturga rusa contemporánea que leo.
O mejor dicho, la primera dramaturga rusa que leo, de
cualquier época. La edición trae algunos datos sobre
ella: nació en 1919, trabajó como pianista en cursos de
danza, escribió poesía, tradujo a Nazim Hikmet y sobre todo libretos de ópera. Vive o vivía en Moscú, y

Griselda Gambaro

empezó a escribir teatro a principios de los años sesenta.

Dentro de la tradición satírica rusa y bajo la sombra de Gogol, es no obstante, personal y muy divertida. Su absurdo nunca despega de la realidad. Lástima que casi no haya mujeres en estos textos; en *Les caisses* están apenas perfiladas y en *Petit papa*, aunque tienen mayor gravitación, la óptica de la Pavlova no las descubre particularmente.

Mirada patriarcal.

Un hombre y dos mujeres.
He releído algunos de estos cuentos de Doris Lessing. En uno de ellos hay una observación microscópica del comportamiento masculino en ciertas situaciones. Una observación implacable, pero desapasionada. (Por eso mismo es implacable.)

Durante años, aparte de sus libros, no supe nada de Djuna Barnes. Pero este desconocimiento de su vida me permitía intuir, suponer, un mundo rico y misterioso en el recorrido de sus días.

Ahora estoy leyendo la biografía de Andrew Field, interesante por todos los datos que aporta sobre ella, con algunos pasajes que la merecen, pero tan distante por sensibilidad, por *interpretación*.

Las biografías a veces son agravios al biografiado.

"¿Qué importa lo que se dice? Lo malo es lo que uno cree que oye."
E. Santos Discépolo, en *Cuatro corazones*, 1939.

La nuit africaine.
Así me gustaría escribir, como Olive Schreiner (1855-1920), con esa intensidad. Una obra incandescente que tan pocos conocen, como pocos la conocieron a ella, que quiso morir sin dejar rastros.

Leí en una vieja revista *Humor* un reportaje a Soriano. Habla muy bien de *Respiración artificial*. ¿Es posible que yo no pueda entrar en esa novela? Debo intentarlo otra vez.

El otro día, en un colectivo, oí a un chico de tres o cuatro años que conversaba con su mamá posiblemente de una visita al campo:
    -¿Viste muchos árboles?
    -Sí, muchos.

-¿Y vacas? ¿Había muchas vacas?

-¡Sí, muchas!

-¿Y casas? ¿Viste muchas casas?

-¡No! ¡Había mucho afuera!

El 15 de junio (1988) supe la noticia de la muerte de Sara Gallardo. No me decido aún a mirar *La rosa en el viento* donde en la contratapa hay una fotografía suya tomada en un día de invierno no sé en qué lugar.

Encontrarla de nuevo será para otra existencia, de ella y mía. Un ser hermoso, lleno de pudor, buscando algo que seguramente no halló nunca.

Recuerdo perfectamente cada ocasión en que la vi, lo que me sucede con pocas personas. Nos conocimos hacia 1972 en la antigua Radio Municipal; yo había tenido una audición en una cabina a la que se llegaba por una angosta escalera de caracol. Cuando bajé, ella estaba sentada en los últimos escalones. Se levantó para dejarme pasar y se dio a conocer, amable, cálida. No volvimos a vernos hasta que, después de varios años, nos encontramos en Barcelona durante los tiempos de la dictadura militar. Con su impericia práctica, con la que sin embargo sobrevivía, ella había alquilado un piso frío y casi desprovisto de muebles por el mismo precio que nosotros habíamos alquilado uno mucho más confortable en el mismo barrio.

Tengo presente su generosidad con mi novela *Ganarse la muerte*, que yo le había acercado en Barcelona con cierto temor, sabiendo que recorría caminos tan distintos del mío. Pensaba que la crueldad de esa novela la espantaría. No sucedió así. Me llamó por teléfono al día siguiente y si hablé de generosidad fue porque en esa ocasión ella subrayó mi condición de escritora y comparativamente, injustamente, desestimó la suya. Ella era tan escritora como yo; quizás, por razones que ignoro, desconfiaba de sus aptitudes o la asustaba poseerlas. Tenía como una necesidad de *desprenderse* que llevaba a lo práctico: cambio de lugares, de países. Regalaba sus cosas y empezaba de nuevo. Usé algunas de sus blusas y camisas, y no usé prendas más extrañas: un traje impermeable de pescador de truchas, un pantalón tirolés, verde, de cuero, con dos flores de nácar. De ella, tengo aún un peligroso juego para chicos, una especie de cañón a resorte que arroja balines y un sacapuntas de hierro, ya sin filo. Otras cosas que heredé, quedaron en Barcelona.

Siempre le sucedían aventuras inverosímiles que contaba con mucha gracia. En Suiza, ante el pánico de su hijo menor que la acompañaba, había querido robarse de un bosque un pequeño pino para su fiesta de Navidad, nada menos que en un país tan celoso de las buenas costumbres como ése. Un día había querido visitarnos en Cadaqués y nos llamó por teléfono desde Figueras, a mitad de camino, donde se había quedado varada sin un céntimo. Fuimos a buscarla. Se había lanzado al viaje simplemente porque quería vernos o quería ver el mar. Ella sabía que de algún modo haría el viaje, que de algún modo regresaría. Y así fue.

En el barrio catalán donde vivía, desconfiado y casi hostil hacia los argentinos, ella conseguía crédito de los comerciantes. ¿Cómo lo lograba? Seguridad de clase, ciertamente, pero también un encanto, una transparencia fundamental a la que resultaba difícil resistir.

Cuando su segundo marido, el escritor Héctor Murena, se suicidó, al poco tiempo le habían hecho en Buenos Aires una sesión de homenaje. Contaba entre risas cómo Marta Lynch la había desplazado de su papel de viuda ubicándose en el estrado; vestida de viuda, decía, Marta se había apropiado en su discurso de Murena poniendo de relieve una estrecha relación que según Sara nunca había existido. Habló con encanto y humor de esa sesión de homenaje, aunque siempre guardó para sí celosamente los datos de ese final de Murena que la tocó tan de cerca.

Con Sara Gallardo nunca hablamos de nada demasiado importante, nada íntimo, pero su presencia volvía todo más luminoso, y esa luz es la que envuelve y perfila su recuerdo. Aprecié la real dimensión de su literatura mucho más tarde, cuando leí sus cuentos cortos, y *Los galgos, los galgos, Eisejuaz*. En esa época ella nunca me habló de sus libros ni les puso valor. En cambio, hablaba voluntariamente de sus notas, de sus entrevistas, una con Antonio Di Benedetto a quien había aterrorizado en su modestia citándolo en el Ritz. Podía copiar sus notas, modificándolas ligeramente, de revistas extranjeras cuando el tiempo o la necesidad la urgían; traducía de idiomas que sabía malamente, se metía en proyectos que me parecían locos y nunca provocó el menor reparo en lo que llamaría mi intransigencia, nunca pude medirla como medía a los otros. Era magnífica. E inocente.

Durante la dictadura, escribió varias notas sobre mi trabajo, en esa época silenciado. Con cierta inconsciencia y sin ningún éxito, algunas envió a Buenos Aires, una de ellas a *La Nación*.

Dos ciudades.

1

Estoy aquí, en Barcelona, ciudad extraña puesto que no es la mía, ¿y qué significa que sea la mía? ¿Acaso una ciudad puede ser mía o tuya? De ningún modo, una ciudad sólo se pertenece a sí misma, así como un río no pertenece al que lo mira sino a su propia corriente. Pero es extraño que las miradas sean invasoras de la propia ciudad, depredadoras de lo que la ciudad quiere.

Si algunos hombres han construido la ciudad, sus casas y sus calles, no es para que todo eso se transforme en posesión de otros hombres, es para que se transforme, lisa y llanamente, en posesión de la ciudad, en el espacio y libertad que la ciudad necesita para vivir. La ciudad tiene su propio aire, su propia respiración que no depende de quienes la habitan, y cuando los hombres duermen, es cuando la ciudad se siente libre para ser quien realmente es. Las casas pueden alzarse en el silencio de la noche y vivir su propia existencia de casas. Qué sabemos nosotros lo que es una casa, nos han dicho que es un lugar para vivir, y algunas veces para morir también, que una casa se hace casa cuando hay niños y ruidos, y esos niños y ruidos se transforman en lo que los hombres llaman su existencia. ¿ Pero quién dice eso? Solamente los hombres.

Nunca sabremos si una casa no se pierde a sí misma con ruido y con niños, si una ciudad, cuanto más habitada, más irreconocible se encuentra ante sus propios ojos. Nunca sabremos si un techo quiere cobijar los seres que cobija, si no quiere albergar solamente un mundo de plantas o de gatos, o si no quiere observar simplemente un imperio de cucarachas y de arañas.

Ciudad extraña, Barcelona, habitada por hombres y mujeres que me son ajenos. Ciudad ajena que no sabe hablarme con otro lenguaje que el de sus habitantes, que quizás no quiere, que quizás no ama. Habría que poner el oído contra sus paredes, en el pavimento a ras del suelo, expulsar a sus habitantes, estar atentos respetuosamente a su quietud para descubrir la primera palabra de su deseo.

2

Estoy aquí, en Buenos Aires, ciudad no tan extraña puesto que es la mía, ¿y qué significa que sea la mía? ¿Acaso una ciudad puede ser mía o tuya? De ningún modo, una ciudad es como una persona, que sólo se pertenece a sí misma. Pero para esto, tanto sea ciudad o persona, la pertenencia no debe significar posesión brutalizada.

Esta ciudad no se pertenece a sí misma porque se pertenece a sí misma con voracidad y avaricia, rechaza a sus habitantes y sólo está atenta a su respiración animal, respiración de dinosaurio en acecho.

Esta ciudad no sabe cobijar a sus criaturas inocentes. Dice "nadie es inocente". Las criaturas fingen que trabajan, tienen hijos, envejecen. Juegan a la ceremonia de la vida en muros blancos, pobres o lujosos. A veces alguien grita en sueños, pero al despertar no sabe qué gritó, por qué gritó.

Es una ciudad casi sin palabras. Usa sonidos semejantes a palabras para designar cosas que no existen. Silencia lo que existe o lo llama inexistente. Es una ciudad con penas buenas y penas malas, con penas culposas y penas justificadas. Ignora la superficie total del dolor. Es una ciudad que olvida mal. Que recuerda mal. Confunde su memoria y piensa que es clara porque en la oscuridad la desenreda con los tajos de un cuchillo filoso. Es una ciudad sin preguntas. Con respuestas que no contestan pregunta alguna de carne y hueso sino invenciones abstractas.

Es una ciudad que marcha y camina, que crece y se agranda, que tiene ruidos y autos en sus calles, pero que es pequeña como un ataúd de niño. Y sus habitantes viven en la ciudad que creen les pertenece,

ejecutan la ficción de la vida, conformes, pero tristes y en silencio como alrededor de un ataúd de niño.
(1981)

Leí en *La linterna mágica* de Bergman, la frase de Bach cuando regresa de un viaje y encuentra que su mujer y dos de sus hijos han muerto: "Dios mío, no me hagas perder la alegría".

Y Dios no se la hizo perder porque su música parece decir: el dolor es imposible.

Ayer, en una reunión conversé con Alfredo Hlito, que es un lector muy particular, ama a quien no se le parece (por lo que sé), a Tolstoi por ejemplo, y desdeña a Flaubert. Es inteligente y podría ser atractivo, con su nariz fuerte y oriental y su boca bien dibujada bajo el bigote. ¿Pero quién le quita su corsé? Que nadie se le acerque, salvo su pintura. Y si pagó este precio por su pintura, está bien que así haya sido.

La gente siempre se ha exiliado. Lo ha hecho de muy distintas maneras, total o parcialmente. Hubo épocas que exiliaron el sexo, y entonces, en venganza, el sexo ocupó toda la cama. Hubo manos exiliadas por masturbación y pies exiliados por oler mal o a destiempo. Las uñas siempre han padecido el exilio parcial, lo que es tan doloroso como el exilio entero. Algunas caen al exilio de las baldosas por desparejas y crecidas, otras por tener manchitas blancas. Las que no se exilian son sucias o porque sus dueños practican el canibalismo.

Las dictaduras ejercitan este arte con constancia, pero imperfectamente: no pueden vaciar un país como una caja y autorizar la entrada sólo a los sumisos. Como no pueden hacerlo, imponen el exilio interno que suponen más fácil. Se equivocan. Algunos exilian sus ideas y sus costumbres, pero la mayoría simula, y como alguien que tiene escondida una piedra en la mano, apenas se produce un momento de descuido, la arrojan. Así, las dictaduras deben imponerse a sí mismas el exilio absoluto de su propia comodidad. Jamás pueden sentarse al sol, caminar por la calle, beber vino en una mesa con amigos: se derrumban. Empiezan a caer piedras. Las dictaduras son las exiliadas más lamentables, no gozan un momento de respiro y el lugar que eligen para exiliarse es la tierra que las rechaza. El odio las exilia de la fraternidad, la fuerza, del pensamiento. Nunca se exilian solas, dejan las muertes y el dolor que produjeron, pero se llevan el aborrecimiento.

"Un hombre se enamora de una mujer para vivir con ella, casados o como sea, pero juntos. Y enamorarse,

creo yo, es algo más que el deseo de dormir con una mujer; es, supongo, el haber hallado una persona junto a la cual uno puede ser verdadero. Porque buscar una mujer para espectadora de la mentira que has ido inventando es arriesgado: no hay mentira que soporte la convivencia."
Torrente Ballester, *Los gozos y las sombras.*

"El hambre de los pescadores, aparente consecuencia de un negocio mal llevado, lo es, en realidad, de una injusticia.

"No se restituye la justicia dando de comer a los hambrientos, sino que el hambre tiene que desaparecer por haberse restituido la justicia."
Torrente Ballester, *Los gozos y las sombras.*

"La experiencia es un peine que la vida regala cuando uno ya se quedó pelado."
Ringo Bonavena.

Esa literatura desconocida.
Hace muchos años llegó a mis manos un libro donde curiosamente –o no tan curiosamente– no figura el nombre de la autora.

Este libro, publicado en 1923 por la librería

Grasset, se titulaba *Ma vie* (Mi vida). Pero esta vida carecía de nombre, podemos decir que no pertenecía a nadie, ya que el libro no mencionaba a quien la había vivido.

De boca de una campesina rusa la cuñada de Tolstoi recogió su historia al correr de la pluma. La campesina, de inteligencia despierta, relataba muy bien en lenguaje popular, pero por supuesto, no sabía leer ni escribir. Por esta razón, en la portada del libro, narrado en primera persona, figura el nombre de la cuñada de Tolstoi, Tatiana Kouzminskaia, y en caracteres más grandes el del propio Tolstoi, que revisó y *corrigió* esta vida.

Tolstoi advirtió las bondades del relato; no obstante lo consideró inadecuado "para que lo leyera el pueblo". En una carta, opinó que se asemejaba demasiado a una fotografía y que en él "el ideal estaba casi totalmente ausente". Difícil que una campesina iletrada tenga los ideales del señorito. Tolstoi no entendió que lo que él llamaba el ideal estaba en la reacción orgullosa y valiente de esta campesina rusa ante las adversidades.

Veinte años después, Tolstoi modificó su juicio, y excluyó de su lectura sólo a los niños. Escribió esta advertencia bajo el título –siempre sin nombre de la autora– "sólo para adultos".

Por algunas cartas privadas de Tolstoi nos enteramos de cómo se llamaba esta campesina rusa: Anissia (sin apellido). Por el libro de Grasset, nos enteramos de cómo fue su vida, larga historia de penurias, de fidelidad a un hombre, desterrado en Siberia, a quien sigue con sus hijos pequeños. Pero iletrada, sierva en su primera juventud, campesina, su libro carecía de ideal, fue sólo para adultos y no llevó su nombre en la portada. Embellecer algunos párrafos, seguramente suavizar su trágica realidad _fotográfica_, corregir la sintaxis de un texto oral, no es escribirlo. Anissia, que como mujer y campesina nada tuvo, tampoco tuvo en su vida el libro que escribió.

También por casualidad, llegó a mis manos una vieja edición de otro libro, publicado en 1911, de una escritora que hoy nadie conoce: Marguerite Arnoux. El libro se titula _Marie-Claire_; lleva prólogo de Octave Mirbeau, quien explica a su modo la razón de su escritura: "Costurera, siempre enferma, muy pobre, alguna vez sin un mendrugo para llevarse a la boca... escribía. Escribía, no con la esperanza de publicar sus obras, sino para no pensar demasiado en su miseria, para distraer su soledad, y también, pienso, porque amaba escribir".

Yo creo que lo hacía fundamentalmente por esta última razón, no para evitarse pensar en su miseria ni para distraer su soledad. Bien sabemos que siempre hubo explicaciones de los hombres para aminorar ese deseo incomprensible de las mujeres.

Marie-Claire, este libro autobiográfico de Marguerite Arnoux, es un texto muy bello. En él nos cuenta cómo, casi una niña, guardando ovejas en una granja, encuentra en un granero un viejo libro que le descubre ese otro mundo de los relatos. Desde ese día, lee con una pasión creciente todo lo que le cae entre las manos, folletines y antiguos almanaques. Mirbeau dice que a partir de ese momento fue asaltada por el deseo vago, informulado, de escribir. Ella, sigue Mirbeau, "no habló jamás a nadie de esta manía de borronear, y quemaba sus pedazos de papel, que creía no podían interesar a persona alguna. Sólo al conocer por azar al escritor Charles-Louis Philippe y al recibir su aliento, pudo reconocer cuánto significaba para ella ese don del relato".

No más noticias de Marguerite Arnoux que ese único libro, *Marie-Claire*, que trabaja ajustadamente cada frase y los ritmos que las unen, donde el sentimiento, la sobriedad y la evocación corren parejas. Esta *manía* de borronear no debió de detenerse allí. Enferma, casi ciega, impedida de trabajar en la costura, ¿qué fue de esta mujer escritora en el París de comienzos de siglo? Posiblemente muerta en la soledad y la miseria, y sus textos perdidos.

Christa Wolf escribió sobre Karolina von Gunderrode, quien decía de sí misma: "¿Por qué no he sido un hombre? No estoy hecha para las virtudes femeninas, para la felicidad anodina de las mujeres".

Una mujer inteligente, como Karolina von Gunderrode, no superó las barreras de su época que la redujeron a la ignorancia sobre lo que sentían otras mujeres. Tal vez de haberlo sabido no se hubiera suicidado a los veintitrés años, tal vez hubiera conocido *otras* virtudes femeninas, semejantes a las de Anissia, a las de Marguerite Arnoux, que vivieron más tarde.

El tiempo es un gran devorador de literatura, sobre todo si es mala, pero cuando esa literatura es escrita por mujeres, el tiempo deja de observar la calidad y devora preferencialmente. Sin ninguna justicia.

Leí una serie de cuentos de Juan José Hernández, *La favorita*. Hernández escribe tan sencillamente, con tan poco adorno, que despista. Sabe llevar el lugar común al punto justo de una ironía jamás subrayada. El mundo de provincia aparece con la naturalidad de las acciones cotidianas. Después, uno se da cuenta de que ese mundo, apenas embellecido en algunos instantes, es tan sórdido, tan teñido de una sexualidad insatisfecha, porque pasa a través de esa prosa, de ese no agitar ninguna violencia del lenguaje. Sutilmente perverso.

Me admiró *Río de las congojas*. Sorprende Libertad Demitrópulos cuando funde bajo su lengua, para relanzarlas después, expresiones y palabras de un viejo castellano; esas expresiones adquieren en ella una fuerza y belleza que yo, atada a otro lenguaje, lamento no ser capaz de usar ya. Me admiró ese discurso económico en el fluir de la narración, como quien escribe sacando de un pozo el agua más pura. Y sin desperdiciar gota.

"La arcilla se modela para hacer vasos
En lo que no es, el uso del vaso yace
Puertas y ventanas se practican al construir la casa
En lo que no es, el uso de la casa yace
Por ello del ser viene la posesión
Del no ser viene lo esencial."
Lao Tsé. Poema del *Tao Te Chin*.

Hace días, encendí el televisor a media tarde. En la pantalla, en primer plano, el rostro de un hombre joven con una hermosa sonrisa. Hablaba de la queja, de cómo el lamentarse quita tiempo y energía para otras cosas. Decía que vivir era como un enamoramiento, que uno se enamora de una persona con lo bueno y lo malo de esa persona, con sus defectos y virtudes. No eran palabras triviales, las sostenía una convicción íntima y profunda. En un momento aclaró: "Está bien que en lo físico yo dependo de un tercero, pero aún puedo trabajar con mis manos". La cámara descendió y vi que estaba casi reclinado en una silla de ruedas y que sólo los hombros correspondían a ese rostro joven, de hermosa sonrisa. Sufría de atrofia muscular, el resto de su cuerpo era pequeño y débil. Dijo que por suerte tenía a sus padres, muchos amigos, sus hermanos, las familias de sus hermanos. Ninguna queja, nada en el débito. Hablaba con la difícil sabiduría del dolor, y no le ponía nombre (al dolor).

Sentí vergüenza por la insignificante historia de mis padecimientos.

Releyendo después de muchos años *Ana Karenina*. Páginas magistrales, como las de la carrera donde Wronsky cae del caballo, otras sumamente irritantes. Ana Karenina ya está condenada desde el principio, antes incluso de *pecar*.

Volví de Stuttgart. Recuerdo el descenso del avión allí, volando sobre campos de dibujo refinado, rectángulos ocres, violetas, azules, bajo el cielo gris. Una increíble belleza. Pregunté por los violetas y azules. Sembrados de repollos, me dijeron.

Por la ventana de mi cuarto se podía ver un jardín, casi un bosque, que ascendía una cuesta en el esplendor del otoño. Las hojas de los árboles, antes de caer, se coronaban a sí mismas de rojo, amarillo, y había un total silencio, sólo interrumpido de vez en cuando por el piar de los pájaros.

Nada es más parecido a Dios que la muerte. Está hecha a Su imagen y semejanza. De la muerte no sabemos nada, sólo que, como Dios, es infinita y eterna; jamás responde a nuestras preguntas. En cambio, la vida es lo menos parecido a Dios, siempre nos revela, siempre nos descubre. Y termina.

He leído *Gulliver informa sobre ministros*. Como si Swift lo hubiera escrito hoy.

Vi una película de John Cassavetes: *Love Streams*. El protagonista, una especie de infatigable, bondadoso y desesperado Don Juan, dice aproximadamente en un momento: "En toda mujer hay algo secreto y cuando ella no acompaña ese secreto con su hombre, esa parte de ella está muerta para él". ¿Es tan así? O esa parte secreta acompaña inexorablemente la relación con su latido, sea que ella no comparta su secreto o él no quiera escucharlo. Lo secreto tiene su propia autonomía.

Sobre *Espejos y daguerrotipos*.
Raro estilo el de María Esther de Miguel, por lo menos en las primeras páginas. Una mezcla de texto de historia y fluidez agradable. M. E. ataca bien de pronto, como si fuera otra la que escribiera o como si fuera ella realmente, la más oculta. Y también de pronto, se adocena.

Pensando en la predilección de una amiga por Henry James y en su indiferencia por Djuna Barnes. Traté de comprender el porqué. Por qué motivo Djuna Barnes, en cierto modo menor, me entusiasma y él me resulta distante y en ocasiones hasta un poco latoso. Nunca en sus relatos, como en *La edad madura*, *La muerte del león* o *La edad feliz...* Creo que es (inicial motivo, vergonzante, de toda inclinación literaria) por falta de afinidad en un caso y por respuesta osmótica en otro. En H. J. todo está dicho, verbalmente dicho aun lo no dicho, mientras que en D. B., sobre todo en los cuentos, lo *no dicho* pasa por el lenguaje *en blanco*, son las omisiones, el silencio entre frase y frase, lo que instaura el territorio de lo no dicho. Y ahí entro yo, lectora/escritora, con mi propia imaginación. No me acogota, como H. J., con su presencia magistral, un poco solemne, que se toma tan en serio, tan justificada e inteligentemente en serio.

Vi a Sara Bonnardel, profesora en Bordeaux, que salió con su familia de su Mendoza natal a raíz de una de esas historias cruentas de la dictadura. Estaba de paso por un día en Buenos Aires. La vi en el departamento de Rodolfo Borello, un profesor para siempre exiliado en Ottawa, que pasaba sus vacaciones en Buenos Aires. Qué intersecciones. Charlamos mucho, y casi siempre de literatura. Fue un placer. A veces, *es necesario* hablar de literatura.

Soy una escritora. No soy una vendedora de mis libros, ni una diplomática ni una ejecutiva. Soy eficaz (o intento serlo) sólo cuando escribo. Cuando olvido esto, recibo mazazos, y está bien que así sea –santo castigo por la ineficacia de enfrentar al mundo sin las reglas del mundo.

Hay días en que todo me parece claro y sé cómo escribir y qué escribo. Hay otros en los que carezco de la menor afinación.

    Tener paciencia.

Día muy hermoso, de invierno. Unos pájaros, de buche verde, pasan del pino al ciprés.

Escribir es un oficio extraño donde se sabe la mitad y la mitad restante se sospecha. Cada escritor lo practica de distinta manera, y los rituales privados que exige crean una normativa exigua que sólo se muestra poderosa cuando el libro, la escritura arranca y avanza. El resto consiste en servirse de una lengua común y natal para adentrarse en otra lengua que sólo nosotros podemos pronunciar pero que todos deben comprender.

Lo más temible de este oficio de escribir es el silencio, la pérdida del habla. En la mudez se gesta el lenguaje, pero caemos atónitos y desamparados en esa mudez que siempre nos parece la última y definitiva.

En este atardecer de agosto, la gloria de los ciruelos tempranamente florecidos.

Sé que tratan de explicarme el dolor.

Me gusta mucho esta condensación de Noemí Ulla del acto de escribir y de leer: "Después vendrá lo demás: las discusiones con los editores y finalmente, la lectura de pensamientos simultáneos en la verticalidad del lector, que levanta una a una las palabras acostadas en la frase, hasta que su mirada las olvida y una a una, ellas vuelven a ocupar su lugar".

De *Materiales para una narración*, *Ciudades*.

Hacer la América, de Pedro Orgambide.
¿Por qué en algunos grandes escritores –digamos el Tolstoi de *La guerra y la paz*– jamás se tiene la impresión de que intentan *poner todo*? En cambio, en el libro de Orgambide tuve la sensación de que su empeño, quizás por exceso de conciencia, había sido el de poner

toda la Historia de los inmigrantes, nada debía quedar afuera.

Un escritor cuenta la totalidad, pero siempre a través de los fragmentos.

Recuerdo de Orgambide sus *Historias cotidianas y fantásticas*, que escribió hace muchos años. Claro que un autor prefiere invariablemente que el lector, sin desdeñar sus obras primeras o intermedias, ame más sus últimos textos. Pero los últimos, los primeros, no hacen sino un solo libro, y ese libro es el que produce la mejor lectura.

He leído unos cuentos de Asimov, o cómo, sólo con la inteligencia no basta.

Volviendo a Henry James.
El misterio, lo no dicho de sus personajes está estrictamente controlado, a veces por los personajes mismos. En él, lo inexpresable, el misterio (aunque quede en el misterio) se expresa siempre en palabras. En Djuna Barnes, en Karen Blixen, hay un descontrol (voluntario) del misterio, de lo inexpresable.

Esperando a Godot.

No ha pasado el tiempo, ni en su forma teatral ni en lo que dice. Me provoca desesperación, y por lo tanto, me irrita. La intensa belleza de estos textos pelea en mí con un difuso sentimiento de rechazo.

Pero es mi debilidad la que habla.

El cuento guarda celosamente el secreto de su eficacia. Cada autor –a pesar de tantas preceptivas al respecto– lo devela o pretende develarlo a su manera. Basta pensar en Chejov, en Hemingway, en Conti y Cortázar, en Quiroga y Armonía Somers. Todos atacaron el cuento de distinta manera, aunque todos con economía. Sin embargo, no es la economía ni la brevedad la que *hace* el cuento sino la especial articulación de la historia y su remate. Definir esta especial articulación es imposible. Como en la experiencia del ciego que sólo comprendió cómo era el cuello del cisne cuando se lo hicieron tocar, comprendemos lo que es un cuento cuando en cada autor lo tocamos. En cada uno la eficacia responde a distintas razones que sólo pertenecen a ese autor. El porqué y hasta el cómo de esa curva perfecta sigue quedando en el misterio.

Durante la dictadura militar, los argentinos exiliados en Barcelona cuando algo no les gustaba de Cataluña decían peyorativamente y como explicación suficiente: es catalán. Cuando algo les gustaba, decían *no* parece catalán. Los mismo para las personas.

Habría que recordar a Lichtenberg, "Un libro es como un espejo: si un mono se mira en él, no verá reflejado un apóstol", y parafrasear, Un país es como un espejo: si un argentino se mira en él, no verá reflejado...

Entre el cansancio y la inocencia.
En un país se prohibió a Kafka y se permitió a su enemigo.

Pasado un tiempo, se prohibió al enemigo de Kafka y se permitió a Kafka.

En este juego de prohibiciones y permisos transcurrió la eternidad.

Justo en ese fin de eternidad, Kafka, quien por una alternativa casual no estaba prohibido, se pasó el dedo por la ceja y dijo, como único comentario antes de que se lo tragara la nada: ¡Ay, qué cansancio!

Su enemigo, quien creyó por error que le tocaba el turno de la permisibilidad, antes de desaparecer él también, atinó a balbucear: Soy inocente.

Arrabal.
Durante un festival de teatro en Caracas, Venezuela, lo encontré hace más de veinte años. Un señor bajito,

vestido enteramente de negro, que llevaba pequeños anteojos redondos con marco de metal. Me habían dicho que era muy feo y este hombre no me lo parecía en absoluto, tenía facciones regulares y una barba negra enmarcando la blancura del rostro. El día de su intervención confesó que ignoraba todo del tema propuesto –sociología y teatro– y que por lo tanto se limitaría a aprender. Desmintió en seguida esta aparente modestia al anunciar espectacularmente que todos los espectáculos vistos le provocaban "ganas de vomitar". Siguió en esta tesitura durante un largo monólogo, como un maestro airado que reprende a sus alumnos. Dueño de la verdad, no venía a aprender, menos a conocernos. Increpaba con soberbia y no tenía espacio para nuestras limitaciones, aunque le sobraba para las suyas.

En 1998, Arrabal asistió en Madrid a un encuentro teórico sobre teatro. En esta ocasión lo oí brevemente. Se representaba a sí mismo en una actuación narcisista mientras bebía sorbos de coñac de una copa panzona. Me dio vergüenza, por él y por la gente inmóvil en sus asientos, intimidada ante su notoriedad, ante el recuerdo de una inteligencia que existió alguna vez pero que en público ya había sido devorada por la megalomanía. Su discurso ofendía la inteligencia ajena, vacío y estruendoso, era tan autorreferente como el de un idiota que señala su baba.

El estreno de *Penas sin importancia* no me provoca por ahora excitación alguna. Durante los ensayos, me concedo un egoísta sufrimiento por la manera en que la estructura verbal de la pieza desaparece en boca de los actores. Sin embargo, encuentro hermoso el camino que va recorriendo la puesta de Laura Yusem. Esas despedidas que se repiten, el espacio tan amplio, la melancolía de los desencuentros.

Es curioso, o no tanto, cómo los actores rellenan el texto. Agregan "eh, que" a granel, transforman los futuros con el "voy, vamos a". Esfuerzos desesperados para hablar en el teatro como en casa.

Es curioso también cómo, en cada elenco, hay siempre un actor, una actriz sensible, que ya en la primera lectura dice el texto como si hubiera nacido con él (y con el espacio y la carnadura). Pero siempre hay alguno que no se resigna y durante las representaciones, en el escenario mismo, se instala cómoda e impunemente en la mesa de la cocina.

Se estrenó *Penas sin importancia*. Extraño fenómeno un estreno. Pasar una noche de la privacidad de los ensayos a la exposición de lo público.

Mejor, o diría más intensa relación con las actrices.

A pesar de la paradoja, no recuerdo ningún libro iniciático sino muchos. ¿Cuáles fueron? ¿Podría llamar así a los libros que cayeron en mis manos por curiosidad o azar como las obras de Jack London que me prestó una compañera de escuela? ¿Fueron ellos o pasó más tarde cuando leí la poesía española del Siglo de Oro y me di cuenta de la tozudez sonora del castellano, de su capacidad de levedad y hondura? ¿O fue más tarde, con el primer Cortázar, Rulfo, Felisberto Hernández? Quizás mis libros verdaderamente iniciáticos fueron los escritos por otras mujeres, esa literatura que me reveló la voz de mi género.

En realidad, creo que todo buen libro es siempre iniciático y que todo buen lector o lectora mantiene siempre la disponibilidad para esa ceremonia de iniciación que nos propone el libro que leemos.

Cómicos.

"Para salvar al teatro, hay que destruirlo. Actores y actrices deben morir de una peste: han envenenado el aire y hecho imposible el arte", decía una furiosa Eleonora Duse.

Muchas veces he pensado que la frase es verdadera.

Pero hay pocas verdades absolutas. Eleonora Duse pertenecía a una época en que la gran actriz o el gran actor *hacían* el teatro. La grandeza tiene el defecto de su propia virtud: los otros se vuelven pigmeos. Los tan denostados (por la Duse) actores y actrices también hacen posible el arte.

Colette nos cuenta una anécdota sobre una actriz hoy olvidada, Germaine Gallois, que actuó en los primeros años del siglo XX. En ese entonces la moda obligaba a las mujeres a llevar el mentón bien en alto y a disimular el trasero, el vientre hundido. Germaine Gallois, una beldad de carnes generosas, no aceptaba papeles de *sentada*. Provista de un corsé que comenzaba bajo las axilas y terminaba en los muslos, dos angostas planchas de hierro chato en la espalda, otras dos a lo largo de las caderas, atada con seis metros de lazo, permanecía de pie, entreactos comprendidos, desde la tarde hasta la medianoche.

¿Amor por la moda? No, amor por un trabajo tan eterno como fugaz. Germaine Gallois, completamente olvidada hoy, se resarcirá de tantas horas de pie, aprisionada en su armadura de hierro, y estará por fin sentada en el Paraíso.

Yo amo a estos seres que antes se llamaban cómicos. Suben a un escenario y no nos representan sino que nos viven. Esta gente que empezó con su oficio allá por los griegos, y que a través de los dioses se dio cuenta de que podía contar su propia historia y la historia de sus semejantes desde el primer vagido del recién nacido hasta la reconciliación difícil con la muerte.

Amo a esta gente que es la más vanidosa de la tierra, pero en quien la vanidad termina por transformarse en otra cosa: deseo, avidez de estar con el otro, de sacudirlo y aprisionarlo no sólo en el momento de gloria del escenario sino en todos los momentos de la vida. Una vanidad que dice _quiero que me conozcan_ porque sólo existo en el otro, a través de la mirada que me mira (y me admira).

Cada espectador que se distrae los sumerge en el abismo, cada espectador que se conquista los lleva a un Paraíso, donde también están sentados como Germaine Gallois, y que los resarce de desilusiones y fracasos.

Capaces de ambiciones desmesuradas, de envidias y competencias extremas, ninguna generosidad más grande que la de los cómicos en las noches de estreno. Darían su piel, su sangre y sus huesos, lo que tienen y no tienen para que el acto del teatro sea participación total con quienes lo miran.

Ya no son como Germaine Gallois y a pesar de los cambios mantienen la misma pasión. Se alzan soberbios en la vulnerabilidad del escenario, hacen proyectos de la nada, todos los días, y a veces esos proyectos son realidades. Difícilmente las soñadas, pero no importa: el sueño sigue.

Amo a esta gente entre toda la gente.

Está viva.

Para regocijo de autores.
Del estreno de *La Gaviota* en Italia, "digamos algo, no mucho porque no vale la pena. Muchas de estas llamadas obras maestras rusas aparecen hoy a nuestros ojos ¡como cosas tan pobres! Y *La Gaviota* es una de ellas. Para nosotros este arte está superado. (...) Los personajes, siendo eslavos, también pueden ser indiferentemente occidentales, y la acción, con cambios mínimos puede pasar en cualquier lugar, además de Rusia. (...) ¿Poesía? Sí, no lo niego. Pero no me parece alada. Poesía, osaría decir, no de gaviotas, que vuelan alto y mucho, sino de pichones: pequeña poesía que no nos prende, que no nos conmueve, no nos hace pensar ni soñar. (...) ¿Y los caracteres? Ninas tenemos muchas en el teatro y la literatura, más fuerte y nítidamente dibujadas que esta Nina de Chejov; y la modesta y un poco convencional caricatura del novelista mediocre y famoso nos hace recordar los nombres de tipos más sólida y agudamente dibujados. Y no hablemos de la técnica que se me ocurre infantil. De este modo, el resultado final es de un indecible aburrimiento".
Marco Praga, el más prestigioso de los críticos italianos, *Crónicas teatrales*, 1924.

Agua para el propio molino.
Es preciso mostrar a la mirada ajena, la mirada masculina o de consumo que nos pretende eternamente jóvenes, bellas y seductoras, lo que somos. Irritar, deslumbrar,

asombrar con la edad que tenemos. Ningún rostro más bello que el acongojado de Simone de Beauvoir en la muerte de Sartre, ninguna juventud más resplandeciente que la de Colette octogenaria, ninguna seducción más grande que la lucidez tanto tiempo mantenida de Alicia Moreau de Justo o de Marguerite Yourcenar.

Una historia de amor.

Dentro de la Gran Historia, que siempre suena a infamia, se cuelan pequeñas historias cuya belleza ilumina épocas caracterizadas por la muerte y la opresión. Cuando algunas se rescatan del olvido nos damos cuenta de que su sentido último es la recuperación de la credibilidad en la condición humana.

En un libro de Margarete Buber-Neumann dedicado a contar la vida de Milena Jesenská (la destinataria de las *Cartas a Milena*, de Kafka), se relata en un fragmento la historia de un joven soldado alemán en el campo de concentración de Ravensbrück, donde Margarete y Milena estaban internadas.

En ese campo, sólo a ochenta kilómetros de Berlín, la mayor parte de las prisioneras provenía de la Checoslovaquia ocupada, eran detenidas políticas, delincuentes comunes, gitanas. Allí, aprovechando "la especial aptitud concedida por el sexo a las mujeres", se cosían los uniformes de la Gestapo, y el joven soldado alemán, de apenas dieciocho años, llamado Max Hessler, tenía a su cargo el mantenimiento de las máquinas de coser que usaban las prisioneras. Mientras aceita las máquinas o las repara, el joven soldado se enamora de una prisionera checa y es correspondido "con un amor tan ardiente como desprovisto de perspectivas". El amor, a los dieciocho años, es una fuerza que se expande al universo: por ese amor, el joven Hessler comienza a simpatizar con las restantes prisioneras y termina enamorándose de *todo* el pueblo checo. Entre contactos furtivos, encuentros clandestinos de alto riesgo, se le ocurre una idea loca: llevar noticias de las presas a sus familiares. Entonces, por esta idea loca, generosa y solidaria, en ese régimen perfecto como el nazi, entra la imperfección. Se presenta ante sus superiores e informa que necesita repuestos para las máquinas de coser, ¿y adónde va a conseguirlos? No a Berlín, como sería lógico, sino a Praga. ¿Cómo le creyeron? Le creyeron.

Debidamente autorizado, emprende viaje. Visita religiosamente cada familia, la de su amada en primer término y luego las restantes. Sin trabajo podemos imaginar la inicial aprensión ante la figura del soldado con uniforme enemigo y después la sorpresa: no trae amenazas de ruina o de prisión, sino noticias de Grete, Anne, Olga...

Cuando emprende el regreso lleva una valija gigantesca porque los parientes afligidos no sólo le entregan cartas, también ropa, paquetes de comida. ¿Cómo pasará el riguroso control sin ser descubierto? Sin embargo, lo consigue mediante una estratagema o quizás, más simplemente, una suerte inaudita. Distribuye el correo, los regalos, la comida. Pero esto debió

provocar una atmósfera diferente en las costumbres ló-
bregas, tal vez una delación, y la aventura llega a los oí-
dos de los SS y las consecuencias son previsibles.

Se endurece drásticamente la disciplina, algunas
prisioneras son arrojadas a la prisión del campo y el joven
Hessler es sometido a juicio. Lo condenan a prisión y
después de un tiempo lo envían al frente. En Francia es
tomado prisionero y la historia podría terminar aquí,
pero sigue para que hable la gratitud.

Después de 1945, concluida la guerra, dos anti-
guas prisioneras checas del campo de concentración de
Ravensbrück se ponen en camino a través de esa Europa hambrienta y devastada. Recorren los campos alia-
dos de prisioneros, uno tras otro, indagan entre miles
y miles de nombres hasta encontrar el del joven soldado
alemán. Interceden por él y obtienen su liberación.

La historia, así escuetamente contada, se llena fácilmente con todo lo que uno quiera poner adentro.
Cómo el amor creció no obstante las órdenes que se le
oponían. Cómo la autoridad fue vana, la represión
inútil. Cómo fracasan las más perversas teorías que a
uno quieran imponerle si se protege el propio corazón.
Cómo, todo el escarnio sufrido por los checos a manos
de los alemanes no ahogó hacia uno de ellos la gratitud
que merecía.

La consecuencia del nazismo, su producto de
guerra y exterminio, fue una inmensa catástrofe de
duelo que no permite reparación posible. Sólo esta
pequeña historia pone del otro lado de la balanza una

mínima pero real confortación, y es de agradecer como toda luz en la densa oscuridad.

Debo admitir que me hubiera gustado tener un pensamiento veloz como el vuelo de un águila que desde lo alto se arroja sobre su presa. Pero no. Me parezco más a una tortuga o a un ciempiés. Por eso soy mala para las mesas redondas. Antes de que tome el pensamiento de otro, lo considere, pese sus pro y sus contras, sus posibilidades de verdad o error, ya se pasó a otro tema. Llego con retraso y el tren ya partió.

Tardo en pensar. Sí, mucho me hubiera gustado un pensamiento veloz y no esta manera que me tocó en suerte, de recorridos lentos, funcionando por agregados, rectificaciones, dudas. A veces termino hoy lo que empecé a pensar veinte años antes. Y nunca sé si mañana, con la casa terminada, lista para habitar, no abriré huecos en sus paredes "a la costumbre de la duda" para romper el engreimiento y la serenidad de lo seguro.

"Yo prefiero que mi experiencia vivida sea sazonada con un poco de silencio y reserva. El silencio prolonga la experiencia y le da, cuando termina por morir, esa dignidad que es propia de lo que uno ha rozado sin violar."
Djuna Barnes (1931, *Theatre Guild Magazine*).

El chino del dolor, de Peter Handke.
Aun en la traducción, el texto se desliza con una fluidez sin escollos. Una pasión recatada. Está bien que yo me inclino por naturaleza a una literatura más dispareja, donde en algunos tramos pise zonas blandas como precio para llegar a un pasaje inolvidable (*El idiota*, por ejemplo), pero no puedo sino admirar ese tono sostenido, de casi inalterable perfección.

Me asombra mi falta de pensamientos. Sólo escribo cartas, releo lo escrito.

Volviendo a la Barnes: lo más maravilloso en ella es cómo escribe "lo que no dice", como dice "lo que no escribe".

Releí *La plaza del Diamante*. No me provocó el mismo encantamiento de la primera vez. Pero lo que sostiene su valor es la espontaneidad y la extrema coherencia de esa voz en primera persona de una mujer común. Nunca hay un chirrido, nunca la Rodoreda se permite interferir con esa voz.

Hace poco, en un viaje a Barcelona, fui a la plaza del Diamante en el barrio de Gracia. La plaza ha perdido gran parte de la belleza que tenía en otra época. Han agregado un alusivo monumento a la Colometa y el Quimet, de fealdad apabullante, y unos incómodos bancos de hierro sustituyen a los viejos bancos de madera. Me senté de espaldas al monumento y mirando las casas en torno, unos chicos en sus juegos, en el aire plácido de la tarde de domingo, vi a la Colometa y el Quimet venir a mi encuentro.

En el hall del Royal Court estaba Harold Pinter. En la sala chica, estrenaban una obra breve mía, *Atando cabos*, y una larga de Ariel Dorfman, *La muerte y la doncella*. En un momento se volvió y nuestras miradas se cruzaron, la suya interrogativa. Me hubiera gustado acercarme y hablarle, pero me detuvo mi inglés casi inexistente. Además, estaba junto a Dorfman, al que no quería saludar. De espaldas, Pinter parecía Tito Cossa, más alto y más flaco.

Dorfman no me resulta particularmente simpático, cuestión de piel, ¿o hablo por resentimiento? No vio mi obra que precedía a la suya, llegó en el intervalo y apenas terminada la representación de *La muerte y la doncella* se marchó sin asistir al debate que debíamos compartir, aduciendo que estaba cansado. Le envidié la libertad de estrella, ¿o fue quizás la intuición de ahorrarse los comentarios no del todo benévolos sobre su obra?

Cuando me desconecto con el trabajo, el mundo pierde sentido.

Leí unos poemas de Pasolini, muy hermosos, especialmente uno, *Danza de Narciso.*
    "Yo soy una violeta y un aliso,
    lo oscuro y lo pálido en la carne."

Los duros no bailan, de Norman Mailer.
Cuánto relleno hay en esta novela. Se ve patentemente su modo de trabajar. Por supuesto, se encuentran pasajes bien resueltos, fuertes algunos, hermosos otros. Pero cuánta reiteración, qué falta de economía. Mi meta, señores, es llegar a las cuatrocientas páginas.

Acabo de ver por televisión una vieja película, *El último payador.* Lástima que pasó la época de oro de la payada, se perdió el talento de la improvisación. Por lo que observé, los payadores dejaban bastante que desear políticamente. Gabino Ezeiza y Betinotti, un tanto serviles al poder de turno.

Dos líneas de diálogo en la película resultan desopilantes. La mujer de Betinotti lo ama y lo cuida, y él le dice como premio, con voz tierna: "¿Sabés una cosa? Sos mi segunda madre".

Y en otro momento de amor, él no le dice te amo sino: "Hablaste como mi difunta madre".

¡Qué fijación!

La sabiduría no es lo que se sabe, es la capacidad de relación entre lo que se sabe y se ignora.

No termino de arreglar mis papeles, de poner orden. Como siempre, cuando tardo tantos días en *ordenar*, hay algo desordenado en mí.

Quisiera escribir un cuento. Se llamará *Tenso como un cuento*.

No lo escribí.

Leyendo a Cortázar.

Porque es tan excelente en ocasiones, me asombró su falta de rigor o de autocrítica. Algunos cuentos magníficos, como *La autopista del sur*, secos y justos. Y otros que casi me producen vergüenza de leer, como *La señorita Cora* o aquel otro de la chica del auto stop, sentimentales, dulzones. En algunos casos se ve adónde va a parar, enteramente previsibles. También puede ser inútil reprocharlo. ¿En qué momento perdemos la brújula? ¿En qué momento amamos *demasiado* lo que hacemos?

Si creyera en Dios diría: Dios mío, no dejes que mi corazón se seque. Que siempre me preocupe por los sentimientos, grandes o mezquinos, que nacen en los otros. Que siempre tenga paciencia y disponibilidad.

Aun en la relación más profunda, nunca se vive la misma historia de amor. Se viven fragmentos comunes de dos historias diferentes.

Vi una película del 42, de Leopoldo Torres Ríos, *El comisario de Tranco Largo*, sobre un texto de Vacarezza.

La película: modesta y sensible. La actuación: modesta y sensible. Ese hombre, Torres Ríos, sabía de qué hablaba y lo que quería. Era un elegido: modesto y sensible.

No escribir es no-estar.

Cuando me desconecto del trabajo, la menor actividad es un esfuerzo. Simulo estar con los otros balanceándome en el vacío.

Convivir con alguien es también establecer una distancia. Cómo podríamos cargar a quienes amamos con nuestras zonas negras, con nuestras pérdidas y nuestra idea de la muerte. ¿Podríamos acaso soportar que quienes nos aman nos confesaran lo mismo? En última instancia, la reserva no es sólo un acto de misericordia cotidiana, es también un gesto de buena educación.

Desconfío de quienes tienen facilidad de palabra. La palabra no es una planta que crece rápidamente.

Diría que soy casi indiferente a todo. Pero ese _casi_ me ata de fuerte manera.

Como a mucha gente, no es la posesión de las cosas la que me hace feliz sino su pérdida la que me vuelve desdichada.

A veces, para algunos, la vida se complica tanto que el suicidio puede ser una trágica necesidad de simplificación.

El mundo despierta de nuevo: es primavera. En mi jardín, como en una obra de Bach, todo parece en equilibrio. Le hablé al manzano, le pregunté qué le pasaba, por qué no tenía una sola manzana en crecimiento. Es muy joven quizás.

Vi el telefilm de una serie donde el protagonista es un ángel reencarnado que ayuda a las criaturas humanas.

En este caso, la historia se refería a un viejo escritor, que amó y se casó sucesivamente con dos mujeres, pero sólo añora en su vejez a la muchacha que amó cuando tenía diecisiete años. El anciano escribe en unos días una novela donde habla de aquel inolvidable primer amor.

Su nieto, que también es escritor, se ha dedicado a la literatura fácil, produce novelas de espías después del rechazo editorial de su primera, maravillosa novela, que en un rapto de desesperación arrojó al fuego.

El anciano le pide al ángel, reencarnado en un trabajador portuario, que lleve el manuscrito de su novela al nieto. (Aquí el horror me dominó, da su original, ¡y no se queda con una copia!) El ángel accede pero antes le ruega que lea la primera novela de su nieto. Angel es y aunque la novela fue devorada por las llamas, ahí está el original, intacto.

En acciones paralelas, el abuelo lee la novela del nieto en su casa, sentado en una mecedora, y el nieto la del abuelo en la suya, sentado en una silla, creo.

El nieto termina de leer con lágrimas en los ojos; profundamente emocionado quiere correr a casa del abuelo. El abuelo, por su parte, lee la novela del nieto y la encuentra magnífica, quiere correr a casa del nieto.

Marcando el fin de las acciones paralelas, el ángel, que siempre aparece en los momentos cruciales, detiene al anciano; con voz dulce lo convence para que escriba una nota a su nieto porque, a él, algo de más urgencia lo espera: su novia de los diecisiete años, en la playa. El viejo, conmovido, escribe la nota: tienes el don, no lo desperdicies, aconseja, y sale con el ángel.

Desde lo alto de un acantilado ven una barca cercana a la playa y, agitando los brazos, a la muchacha soñada.

El abuelo se resiste al encuentro: "Soy un viejo", se lamenta. "No", contesta el ángel, y de pronto, el viejo es el muchacho que fue.

"Cómo sucedió", pregunta, y el ángel responde: "Es el paraíso".

Los dos jóvenes se encuentran, se besan y parten en la barca.

La historia estaba contada de un modo ingenuo, casi ñoño, pero, porque respondía a los deseos imposibles, me emocionó. Morir en el instante de lo perfecto. La pasión de escribir también estaba, de una manera simple, casi estúpida, y sin embargo, recordé mi pasión.

Mientras hacía unos trámites en el mostrador de Argentores, llegó Bioy Casares. Se lo veía muy frágil, caminaba con dificultad apoyado en su bastón, sostenido del brazo por una mujer de edad mediana. No lo saludé porque pensé que probablemente estaría cansado de que lo saludara gente desconocida. Sin embargo, no pude evitar mirarlo con una mirada afectuosa de reconocimiento que él recibió en seguida, lúcido y rápido, y devolvió con una inclinación de cabeza. Viejo seductor, el Bioy, con sus claros ojos que me parecieron muy azules.

"Ten cuidado de las cosas de la tierra;
haz algo, corta leña, labra la tierra,
planta nopales, planta magüeyes,
tendrás qué beber, qué comer, qué vestir.
Con eso estarás en pie, serás verdadero,
con eso andarás.
Con eso se hablará de ti, se te alabará.
Con eso te darás a conocer."
Huehuetlatolli.

Completamente descentrada. Ten cuidado de las cosas de la vida que a veces se rebelan contra tu deseo. Según las enfrentes, te darás a conocer.

He leído *El esclavo* de Isaac Behavis Singer. No me pasó con otros de sus libros, pero éste me resultó extremadamente irritante por el espíritu beato, por la religiosidad codificada de su protagonista, incluso en los asaltos de la duda. Lo raro es que si lo leía antes de dormirme, en el sueño me asaltaba la nostalgia de la fe.

Un amigo gritó, ante los jacarandaes florecidos: "Dios mío, ¡estamos salvados!".

Los desposeídos, de Ursula Le Guin.

Habla sobre el sufrimiento y la felicidad a partir de un lugar muy distinto del mío: el de la más refinada inteligencia, un conocimiento del mundo que no desdeña la intuición pero que sabe de todo lo que yo no sé: las matemáticas, la ciencia, la filosofía.

El loro de Flaubert, de Julian Barnes.

Libro escrito con extrema habilidad, demasiado inteligente para *épater le burgeois* crudamente, pero ésa es su inconfesada (y latente) intención. No le hace guiños al lector, pero es "como si".

Los rosales estallan de rosas. Y la tierra revive en primavera, como ignorando nuestro maltrato.

Bajo el gomero de Plaza Lavalle dormían mendigos entre bultos y cartones.

Los tilos estaban en flor.

Descubrí que el manzano era un ciruelo. Tenía lo que creíamos eran dos manzanitas en plan de crecer, pero se habían puesto rojas y eran muy pequeñas para ser manzanas. Las toqué suavemente con el dedo y la carne cedió. Eran ciruelas remolachas, dulces y maduras. Me pareció que el ciruelo, a quien le había hablado tanto como a un manzano, se estaba riendo.

En Córdoba, una de las profesoras jurado del Premio Luis de Tejeda me dijo de la muerte de Alberto Adellach ocurrida hace unos veinte días en Nueva York, el 26 de setiembre (1996).

En el exilio, por un largo tiempo la suerte le fue adversa. Estuvo en Madrid y luego en México; terminó por anclar en Nueva York, donde trabajó en el periodismo latino, estrenó en algunos pequeños circuitos. Si había un dramaturgo que necesitara Buenos Aires era él, sus obras tienen el lenguaje, las casas, la gente de Buenos Aires. Cortó amarras por fuerza, viajando a Madrid poco antes de que, a principios de la dictadura militar, un grupo de *tareas* volara su casa de Morón. Como botín de guerra secuestraron entonces a su hija de veinte años y a su hijo de quince, que fueron torturados pero aparecieron con vida. Imagino su desesperación y la culpa que debió experimentar por su ausencia, aunque si él hubiera estado en la casa, sus hijos tampoco se habrían salvado de la detención y la tortura.

Durante mucho tiempo tuve la foto que nos sacamos en México, frente a la famosa Casa de los Azulejos, colocada bajo un vidrio de la biblioteca. Estábamos sonrientes, los brazos sobre los hombros, mirando a la cámara. Pero esa foto debí removerla en algún momento porque ya no está. Qué agujero negro le produjo la represión sufrida que nunca pudo cubrirlo con lo que vivió después.

En una visita a Nueva York, recuerdo cuántos mensajes dejé en su contestador automático, cuántas veces insistí hasta que me contestó, y luego, cuando nos vimos, qué abrazo interminable, qué generoso y afectuoso fue.

Este país lo mató. Aquellas historias, de las que sólo conocimos una parte, en las que se comprometió por convicción y solidaridad sin protegerse lo suficiente. Tenía coraje, pero no era bastante fuerte.

Qué pena nuestra amistad trunca. El exilio y lo que le pasó en la Argentina lo volvieron demasiado amargo, nunca quiso volver, nunca se repuso de no querer volver.

Decía Mozart sobre su música: "Ni demasiado fácil ni demasiado difícil. De vez en cuando aparecen pasajes que sólo pueden apreciar los entendidos, pero de los que aun los menos cultos quedan satisfechos sin saber por qué".

Este es el quid. En la literatura, si hay zonas complejas, nunca deben ser guiños para los entendidos o si hay referencias cultas deben ser lo bastante abiertas como para que haya un segundo sentido u otro sentido adyacente que llegue también a los que no las conocen.

Leí esta frase de Deleuze: "...La muerte no es el principio ni el final, sino que tan sólo consiste en pasar su vida a otro".

Como los buenos libros.

Luchar contra un sueño que nos daña es imposible. Lo único que se puede hacer es llamar a la realidad de donde surgió el sueño y cotejarlo. Descubrirle los pies de barro, al sueño, y quizás así, vencerlo.

Hay muchas personas que se emocionan con facilidad. Pero emocionarse no significa conmoverse. Una diferencia etimológica. Y de resultados.

En el tren de Barcelona a París me di cuenta de que el mundo avanzaba demasiado rápidamente. En el camarote, detrás del pasillo que dejaban libre las camas con frazadas escocesas había un lavabo y sobre el lavabo un espejo. Toqué el grifo pero no conseguí que saliera agua y el espejo era la puerta de un armario que no logré abrir.

En el mundo moderno jamás se está al tanto. Por ejemplo: para echar agua al retrete, algunos (ya muy pocos) tienen la vieja, tranquilizadora cadena de metal.

En otros, hay que levantar un botón sobre el depósito y corre el agua. Se cree entonces saberlo todo. Uno respira. Pero entramos en otro baño y no hay cadena ni botón. Se busca transpirando hasta que se descubre una palanca de sillón de dentista debajo del inodoro y uno aprieta con el pie sin saber lo que realmente sucederá. Oh, gracias al cielo, el agua corre. Pero la seguridad no dura. En otro retrete, ya no hay cadena, botón ni palanca. Buscamos y buscamos. Sobre el depósito se revela apenas visible la tapa de algo así como de una cajita en plano inclinado. ¿La pulsaremos o no? Tímidamente, la presionamos con el dedo y el agua corre. Tengo miedo de entrar en los baños. Quizás en el próximo sea la propia materia la que haga descender automáticamente el agua. ¿Qué harán los lentos, o los torpes como yo, en este mundo que avanza tan rápidamente?

Volví a leer *Las dulzuras del hogar* de Flannery O'Connor. Todos los textos hablan de la imposibilidad del encuentro. Siempre se producen dos diálogos diferentes y también enemigos. Y a partir de ahí la acción corre como una flecha hacia el desencuentro sin salvación, hacia la inevitabilidad de la incomprensión entre los seres humanos, aunque haya alguien que quiera convencer, acomodarse, transigir. Todo corre de esta manera hacia un final irrevocable donde nada puede ya modificarse, donde la muerte (o la vida) es un error y ese error queda fijado para toda la eternidad.

Nunca hay que poner expectativas en la gente. Entonces, todo lo bueno que venga, será regalo.

A cierta edad, una no puede tener demasiada intimidad consigo misma. Debemos tratarnos como a alguien que conocemos muy bien, pero que para evitar roces o angustias, no nos ha entregado del todo su confianza.

No todos pueden vivir "en olor de desesperación".

Costumbre de las sombras.
Por favor, que nadie venga con otras sombras distintas de éstas a las que estoy habituada.

Hay ciertas cosas que me cuesta pensar. Nada relacionado con lo siniestro o lo terrible. Pequeñas organizaciones prácticas. Simplemente, mi cabeza *se niega* a pensarlas.

La silla.

No fue producto de la invención del hombre ni se inventó a sí misma: fue el movimiento, la flexión de las piernas que llamó a la madera y le dio forma.

De pie se acechan los frutos de la vida y acostados los del sueño, el amor y la muerte, pero sentados en la silla, familiar y paciente, se está preparado para pensar la eternidad y el infinito: permite las sesenta y dos maneras que imaginó Lichtenberg de apoyar cómodamente la cabeza en la mano.

"Con frecuencia el narrar viene a ser un sustituto de goces que nosotros mismos o el cielo nos vedamos."
El elegido, Thomas Mann.

En el tren de Patras a Pyrgos, sentados frente a frente hay tres hombres y una mujer; conversan animadamente, comparten la comida, festejan bromas que no entendemos. Creemos que pertenecen a la misma familia, pero cuando el tren para en una estación se dan la mano y se separan, cada uno por su lado.

El pasajero vestido muy humildemente sentado frente a nosotros me ofrece un chicle y luego, cuando pasa un viejo vendiendo golosinas y otras cosas, compra tres sobres con maníes, se reserva uno y nos ofrece los restantes con un gesto natural, de cortesía antigua.

A cada momento, una mujer con un guardapolvo azul y una escoba de mango corto barre el pasillo entre los asientos y recoge en una bolsa las cáscaras de maníes, los papeles de los pequeños contenedores adosados bajo la ventanilla. Parece "la mujer que limpia", un personaje de Kantor.

En el tren, todo el mundo habla sin conocerse y los extranjeros somos incluidos en la charla sin que ellos nos entiendan, sin que nosotros los entendamos, salvo por las risas, el brillo de los ojos.

El tren es viejo, la gente pobre, pero no se extrañan los trenes y la gente de la *otra* Europa. Alguien se esfuerza con dos o tres palabras en inglés, otro en italiano, los más nos enfrentan directamente con cataratas en griego. La otra Europa, sin esta riqueza, se pierde en la bruma.

Un objeto que me conmueve es el alfiler de gancho. Y pienso que si alguien que vivió dos o tres mil años antes de Cristo, resucitara en nuestra época, no se encontraría perdido totalmente, se reconocería en el alfiler de gancho, la aguja, la pinza de depilar. Y por supuesto, en los anillos y collares que aún llevamos.

Cuando contemplamos una gran obra de arte, se borra la sensación del tiempo. Pero cuando hay toda una serie de obras maestras frente a nosotros, paradójicamente, en un momento dado, *pesa* el tiempo. El Partenón, el Museo Nacional. Quiero volver a mi siglo, a mi tierra desnuda.

Misa en la Catedral de Atenas.

Comienza con dos sacerdotes y un acólito que cantan. El acólito lleva guardapolvo beige y tiene aspecto de empleado administrativo de una vieja oficina. Uno de los sacerdotes, extrañamente, tiene el rostro rasurado. El otro, muy robusto, muestra el rostro fresco entre la barba tupida. Las voces son poderosas, ayudadas por los micrófonos. El de guardapolvo beige, feo, rostro vulgar, lleva los recitativos. Los otros dos cantan con unción, pero apenas cesan sus partes, conversan diría de cualquier cosa hasta que les toca intervenir.

En el altar aparece un nuevo sacerdote, vestido con amplias vestiduras negras cruzadas por bandas negras y blancas. Oficia su parte de frente al altar, sosteniendo dos delgadas velas encendidas. Detrás del altar hay una puerta dorada con vidrios que dejan ver vagamente a figuras que se mueven en un interior.

De pronto, bruscamente, se abre esa puerta, aparece un sacerdote vestido de blanco, larga barba y cabellos igualmente blancos, canta un pequeño texto, y desaparece, como quien sale de un escenario.

Observo dos nuevos sacerdotes, uno se santigua casi continuamente y el otro permanece inmóvil.

Después de un largo tiempo de cantos que llenan la iglesia con voces sonoras, el viejo sacerdote de barba blanca aparece nuevamente y los fieles van a su encuentro. Se acercan uno por uno, santiguándose.

Las servidoras del templo, que llevan guardapolvos blancos y que hemos visto barriendo, limpian la cera caída de las velas. Son las últimas en acercarse al sacerdote de blanco; guardan los trapos de limpieza y corren hacia el altar con unos pasitos cortos y ligeros, como si temieran quedar excluidas del rito.

Siguen los cantos, y esas figuras negras al pie del altar, el patriarca de blanco, los fieles, las voces sonoras aumentadas por los micrófonos, crean la ilusión de una representación teatral, más que religiosa. Sin embargo, no importa la mecánica de la ceremonia: los fieles creen.

Al rato, un hombre trae un cuenco con pan trozado. Los fieles se acercan, besan la mano del sacerdote de vestidura blanca y reciben un trozo de pan cuyo significado religioso se me escapa, ¿el cuerpo de Cristo? Los fieles mastican, llevando el trozo de pan en la mano. Las servidoras del templo corren las últimas y también reciben su trozo de pan. A alguien se le caen unas migas y otro fiel las recoge y se las come con unción.

El mismo hombre que trajo el cuenco lo retira de manos del sacerdote de vestidura blanca, quien atraviesa la puerta dorada. A través de los vidrios se lo ve cuando se saca la alta mitra antes de desaparecer del todo.

El hombre que retiró el cuenco debió olvidarlo en algún lugar accesible porque un turista japonés se va comiendo el pan como "cualquier pan".

Las servidoras lo notan porque corren en seguida, toman el cuenco y se lo llevan.

El de guardapolvo beige lee las últimas palabras de la misa. Los sacerdotes abandonan el altar. La gente deja el templo.

Al rato, a través de la puerta dorada que ha quedado abierta, veo a uno de los sacerdotes comiendo de una escudilla, una copa de vino en la mano. Con brusquedad cierra la puerta.

Ite missa est.

En el interior de una pequeña iglesia de Atenas, una vieja vestida de negro y una servidora con su infaltable guardapolvo blanco mojan unas pastas en una taza de café. Sentadas en un banco, conversan en voz baja en el templo vacío.

Afuera, una mujer vestida de negro de la cabeza a los pies, come desdentada un trozo de pan sentada en el suelo. Pide limosna y es muy vieja. Le doy unas dracmas y la miro en los ojos. Ella me agradece con unas palabras que no entiendo y también me mira. Tiene la mirada opaca y cariñosa de algunas viejas, ésas que han sufrido mucho sin rencor. Encuentro ahí la mirada de mi madre. El corazón me dio un salto. Por un momento me la trajo viva.

En Fiumara hay una manifestación por la paz, mujeres y pocos hombres. En Villa San Giovanni asesinaron a un síndico en febrero. Cerca, en Fiumara, un vendedor ambulante de veintinueve años fue herido en la calle y luego asesinado en su lecho de hospital.

He visto por televisión a su madre. Pide paz, pide perdón. Perdonen, ruega, insiste, sólo esa palabra, "perdonen", aunque ya sea tarde y su hijo no haya sido perdonado. ¿A qué poder se dirige que no se atreve a nombrar? ¿Y por qué, *precisamente* ella, pide perdón?

Sólo la madre de un asesinado en otro pueblo acusa, pero a la gente que calla, "*sono vigliacci*", dice. Tampoco ella se refiere a quiénes deben acusar.

El hermoso paisaje del sur de Italia se enturbia, ya no puede mirarse de la misma manera.

Cerca de Agrigento, he visto muchas veces el nombre de Sciascia. No en los libros de Leonardo (Sciascia) sino en el frente de los negocios. Zapatería Sciascia, panadería Sciascia. Y también he visto Russo, el apellido de mi madre, en muchos lados. De ella quedó eso, tan lejos, su apellido al frente de un local y familias con las que no tuvo ningún lazo, salvo el de haber vivido en distintos tiempos sobre la misma tierra.

Hoy, en el parque arqueológico de Paestum, una pareja, ella gorda, rubia y lozana, él, delgado, vencido de hombros, con una barba rubia, el rostro semioculto por el sombrero. Me recordaron a David H. Lawrence y a Frida. Debieron ser así, viniendo una tarde desde Taormina.

En Taormina ya no queda ningún recuerdo de él. En el terreno donde estaba la casa donde vivió se alzan grandes monobloques. Pero quizás lo recuerden las casas del pueblo, las montañas, el mar y los bosques, cuya memoria tiene otras leyes distintas de las nuestras.

Debería escribir algo fácil. Sin meterme con la gente. Sin ser cruel. Bondadosa. Ser bondadosa por principio. Mirar la existencia con ojos amables, con los ojos de Scarlatti. Borrar a los feos, a los desdichados, a los imbéciles. Decir del mundo: qué hermoso, qué justo, qué notable. No escupir. Ser como una copa de jacarandá en noviembre. Sin hojas, pero repleta de flores.

Escudriñar no sirve.

De una entrevista con Calvino en junio del 85. Calvino sostiene: "El trabajo del escritor consiste en forzar la lengua, en hacerle decir algo que el lenguaje corriente no dice".

Leí esta frase de Raúl Gustavo Aguirre: "Lo que amaste, lo has salvado. No creas en ningún desmentido, a pesar de ninguna apariencia".

Algunos seres son profundamente desdichados. No saben que los árboles hablan.

Leído en una placa de mármol en el *British Museum*:
    "These galleries
    designed to contain the Partenon
    sculptures
    Were given by
    Lord Duveen of Millbank
    MCMXXXIX".

Were given, fueron dadas, ¿para contener qué? El producto de un robo.

    Los grandes depredadores tienen facilidad de palabra, aunque omitan lo esencial.

Es singular cómo, en teatro, la intención de actuar empobrece el lenguaje en lugar de valorizarlo. Una frase mínima es exaltada por la actuación y suele serlo tanto que se convierte en una obviedad o estupidez. Y una frase que debería estar rodeada de silencio, es comprimida, embarullada entre tanta y pareja exaltación de lo menor.

Un pensamiento de Isadora: Muchos creen que he muerto de esa muerte lujosa en una Bugatti, de ese estrangulamiento castigo de una vida hermosa y terrible. ¿Qué hubiera hecho yo con la vejez? Transformada en un personaje patético, habría seguido bailando hasta que las piernas me sostuvieran, habría seguido con la misma vida, hermosa y terrible.

Creen que la echarpe me partió las vértebras. La velocidad y la fuerza del viento, qué exaltación. Elegí morir de esa muerte. No fue castigo ni fatalidad. Me correspondía, la elegí.

Los signos de la vejez son cuatro. Los primeros: las canas, la pérdida de los dientes, la fatiga. Estos tres podrían superarse, salvo cuando se revela el cuarto: los seres y las cosas nos miran y nosotros no devolvemos la mirada.

Tengo miedo de que el pensamiento me quede flojo y vacío como una media, torcido como un contrahecho, inexistente como una pierna amputada, repugnante como la baba en la sonrisa de un necio.

Lo que me sucede es que no creo. No creo que los aviones vuelen, que los autos de alquiler lleguen a donde debo dirigirme, que la gente que debe esperarme en un país extraño, me espere. Nunca creo que las calles me conduzcan al lugar preciso que indica el mapa; no creo en el tiempo, que se vuelve fugaz y hasta arbitrario cuando debo cumplir una cita a la que siempre llego antes.

Estoy leyendo *Memorial del convento*, de Saramago. El texto, sin guiones o comillas para el diálogo, se mueve como un mar con pequeñas y grandes olas, e impone su propia cadencia.

Envidio esa capacidad de Saramago de contar la ficción íntima de sus personajes y la Gran Historia al mismo tiempo.

Me gusta que me cuenten historias y que, quien me las cuente, sea una persona sabia. Sabia por sabiduría de libros y de vida, cosas que siempre van o deberían ir, juntas. Así es el Saramago de *Memorial del convento*.

En esta novela es fascinante seguir cómo está compuesta la Gran Historia. La de Portugal de 1700, del rey Juan V, cómo mueve esa gran rueda los impulsos de unos pocos, sean de poder, de misticismo, de soberbia o de temor a la muerte, y cómo los pequeños son triturados por esos impulsos ajenos, aplastados o dejados vivir por casualidad.

A veces me parece que todo lo que hemos sido está en algún lugar. Mi hijo dando su primer paso en el jardín. Allí está, tiene poco más de un año, y se para sobre sus piernas por primera vez. Él, ya adulto, pasa junto al niño que fue, y no se ve. Pero yo los veo, a los dos.

Releo parte de *La luz que se apaga* de Rudyard Kipling. Me simpatiza este hombre racista, misógino, imperialista. Tiene perlas "en el bien y en el mal". Terriblemente reprimido, simula que sus personajes hombres se enamoran de mujeres, pero el verdadero (y reprimido) amor es de hombre a hombre.

Leí *El corazón de piedra verde*, un mamotreto de novecientas páginas de Salvador de Madariaga, muy ñoño y edificante, sobre la Conquista. Pero me interesaba

por el tema, que abarca las costumbres y la vida cotidiana de los pueblos de México, puntos en los que supongo Madariaga debía de haber investigado. A esta
altura no sé por qué me castigué, si no porque lo tenía
a mano; otros textos sobre el tema, con otra mirada,
deben conceder más placer.

El rostro de Christa Wolf: podría ser el de un hombre
por la boca y la nariz. Pero los ojos, la mirada, no pueden ser sino de una mujer.

La culpa de las mujeres por pensar lo que no piensan
los hombres, por desear lo que no desean los hombres.
Imaginar para nada, esto también hacen las mujeres.

Imaginar porque sí. El sueño de Bella y Luisa en *Pieza
de verano* de Christa Wolf: poner un día una tienda, otro
día un salón de té, e imaginar las comidas, la gente.
  Recuerdo cuando yo imaginaba vivir en todas
las masías de España, y al pasar por una que me gustaba,
decía: aquí, en este muro, abro un ventanal al campo, a la
montaña, y escribo en una mesa grande de pino frente
al paisaje, y solían contestarme: ¿para qué? Si no la vamos a comprar. Yo no necesitaba para nada comprarla,

ya era mía en ese imaginar para nada. También me detengo ante negocios a los que nunca voy a entrar y frente a sus magníficas vidrieras pienso qué haría si tuviera todas esas cosas que en realidad no deseo, qué regalaría y qué usaría. Un hombre difícilmente comprende este tipo de divagación, este imaginar para nada que encuentro en los personajes de Christa Wolf.

Se cortó la luz mientras esperábamos entrar al cine en La Paloma. El cine está al fondo de una amplia, desangelada galería. Entre las sombras, una mujer alta, elegante, vestida de blanco y de bastante edad, intentaba localizar a su nieto. Estaba confundida y preocupada. Un amigo que nos acompañaba ofreció su ayuda. Cambiaron sus nombres. Era Gloria Alcorta. Hubo presentaciones. Se mostró cordial, con esos modales y modulaciones de voz que la gente de los barrios del sur jamás podrá lograr. Tenía enfrente de mí a una dama, y me incliné ante ella como ante una criatura refinada de tiempos extinguidos.

Leí *Las alas de la paloma*, de Henry James. Siempre me irrita un poco. A la irritación va unida la culpa. Es un gran escritor. ¿Por qué pretendo otra cosa? Sin embargo, siempre le encuentro un costado ligeramente snob, un control tan excesivo de sí mismo y de las situaciones que termina por impacientarme. Con muchas excepciones, claro.

En *El castillo de Barba Azul*, de George Steiner.
El epígrafe de Steiner: "Tocante a una teoría de la cultura, parece que nos encontramos en el punto en que está la Judith de Bartók cuando pide que se abra la última puerta de la noche".

Hermoso epígrafe. No obstante, esta teoría de la cultura no puede avanzar sobre la práctica y se construye sobre cierta inevitabilidad.

La práctica impone no temer a las sombras, por más moralmente perturbadora que sea, como dice Steiner, la relación entre cultura y sociedad. Hoy sabemos que esperanza o desesperanza son términos vencidos, pero que hay algo más fuerte que ellas: lo que creemos justo, sin preguntarnos si es posible o imposible.

Las culturas no son productos más o menos espontáneos del vivir de los pueblos. Son o tienden a ser productos del manipuleo político y económico sobre esos pueblos y de la relación de oposición o sometimiento a ese manipuleo.

En cualquier libro de Steiner, un hombre tan erudito, las culturas de América del Sur no existen. Salvo su gran aprecio por Borges, no hay mayor curiosidad por esas culturas. Resignarse a que en pensadores tan lúcidos y rigurosos, tan *abarcativos* como él, exista el vacío de las llamadas culturas periféricas.

Unos autores jóvenes han publicado unos libros de pequeño formato, cuidadosamente impresos, en una colección que han denominado Siesta. Me detuve especialmente en uno, de Alejandra Szir. No sé si A. S. escribirá otros libros o no. Pero qué bien hace encontrar a alguien desconocido que publica su primer libro, que por primera vez, por única vez, o para siempre, escribe.

Releí *Colmillo blanco* de Jack London. Cómo sabía contar. Fastidia cuando se interpone London en su relato, con sus explicaciones del "comportamiento animal" e intercala sus propias reflexiones, pero cuando el texto se interna en la pura acción es magistral. Palabra transformada en imagen sin dejar de ser palabra.

La tristeza de las iglesias.
Es su voracidad.
En Toledo, cada piedra esculpida, cada recinto, cada devoción tiene un precio. A veces, la voracidad no sólo es triste sino grosera, y no distingue entre turistas y creyentes. Pesadas rejas del siglo XVII o XVIII

clausuran las capillas a lo largo del templo. Pasadores de hierro, toscos candados, grandes cerraduras. La hermosa sillería de la Catedral está aprisionada por un inmenso rectángulo de rejas. Se paga todo: el breve encendido de la luz en cada capilla, la historia contada por teléfono, la visión de un cuadro con leyenda o de autor reconocido, la seguridad de la súplica atendida. Y los carteles son como intimaciones a deudores remisos.

Leo, junto a la puerta del atrio: "Entrada, cien pesetas. No vale ningún carnet. Niños mayores de diez años, pagan".

Leo, sobre una mesa alcancía con algunos impresos: Para llevarlos, "Use cualquier moneda (una peseta no)".

Leo, bajo la estatua de una Virgen: "Encienda una vela como limosna, prédica, ruego en homenaje: cien pesetas".

Leo, en un atril con velas de diferente diámetro: "Que mi luz sea una plegaria". Y por supuesto, siguen los precios según se encienda una plegaria de vela, velón o velita.

Yo, que no soy creyente, me avergüenzo.

En la sinagoga de Toledo.
La puerta ha quedado entreabierta, y una pareja muy joven, con mochilas en las espaldas, espía hacia el hermoso interior. Una guardiana lo advierte y se abalanza, increpa con violencia a los jóvenes: "¿Qué espían?".

Nos mira a nosotros, que estamos un poco más aleja-
dos, y nos señala a los jóvenes con un dedo iracundo:
"Si no tienen dinero para pagar la entrada, entonces
que no viajen". Su rostro está alterado, su voz resentida.
Rudamente, cierra la puerta.

Les ofrecemos a los jóvenes pagarles la entrada,
pero no aceptan.

Tampoco nosotros entramos.

Visitamos la pequeña iglesia o capilla abierta a la calle
de un convento de monjas que posee, según la guía,
unos cuadros de El Greco. Los cuadros quizás sean
dos que cuelgan de la pared en la penumbra. Una monja de hábito negro está sentada a un mostrador detrás
de una reja; nos dice con voz dulce: "¿Quieren mirar?
Deben sacar entrada". Respondemos que estamos buscando un sitio no signado por la transacción comercial,
y explicamos: Toledo es una expoliación, desde esta
mañana no hacemos más que comprar entradas por cada piedra, cada atrio, cada pintura. Les resultaría más
fácil cobrar un peaje a la entrada de las murallas. Decimos esto amablemente, riéndonos, y la monja contesta,
riendo también y no menos amablemente: "Pero hay
que pagar".

En Toledo y en Cáceres, ciudades muy religiosas, los curas no tienen rostros por así llamarlos *espirituales*. Tienen cuerpos pesados, de mucho comer, rostros bovinos sin la dulzura de las vacas.

Mientras mirábamos una procesión en Cáceres, un cura se puso a conversar con nosotros. Nos habló como a creyentes. Su fe era grasosa, como la caspa que se veía sobre los hombros de su saco azul.

Batalha.
La iglesia con las sepulturas de Inés de Castro y Pedro I.

Desde la ventana de mi hotel veo las torres iluminadas de la iglesia. Pienso que voy a dormir tan cerca de donde duermen su sueño eterno Inés y Pedro, y pienso en la increíble historia de amor que ellos vivieron. Los dos son muy hermosos en el mármol, él, la nariz recta, los rasgos regulares, la barba peinada. Ella, pacificada por fin, la nariz rota.

La capilla de los huesos en Evora sólo tiene huesos. Las columnas que la sostienen están revestidas de tibias y calaveras, las paredes, tibias y calaveras, las volutas del techo, calaveras. Y para rematar esta exacerbación necrológica, una inscripción en el frontispicio que es resentimiento puro: " *Nos ossos que aqui estamos pelos vossos esperamos*".

Me imagino el carácter de los que ordenaron levantar esta capilla. La oscura tristeza de esa fe. El sacrilegio de tratar a los huesos, que sostuvieron carne, apetitos, sueños, como mampostería y admonición.

Por suerte, unos estudiantes adolescentes a quienes su profesor intenta hacer callar, entran en tropel. Ellos señalan tibias y calaveras, se dan codazos y se matan de risa.

Los pequeños detalles de la historia.

Uno que nos cuenta Galdós: antes de las batallas, las cubiertas de los buques piratas o de guerra se cubrían de arena para que los combatientes no resbalaran con la sangre.

Visto en la televisión española.

Un documental sobre Rita Levi, una investigadora del sistema nervioso, italiana de origen judío, gemela de su hermana Paola, pintora. El documental fue filmado en 1991, cuando ambas tenían ochenta y tres años.

Rita Levi es una mujer de rostro extraordinariamente sereno, cabellos plateados, ojos claros entre grises y celestes. Habla de lo que significa investigar –avanzar sobre lo desconocido- y de su relación con el arte. Su hermana Paola la interrumpe para decir que el artista también trabaja con lo desconocido y avanza sobre él, aunque se apoye en el arte de otros artistas y del pasado. Luego calla y la mira como reconociendo: tuya es la palabra.

Rita Levi explica la relación entre el sistema nervioso y el sistema inmunológico, y cómo los animales saben de esta relación que generalmente los médicos no toman en cuenta. La concentración de los animales cuando intentan sobrevivir ante otros que los amenazan (que en los humanos serían virus y bacterias) y cómo tratan de equilibrar la tensión. Una liebre que escapa a un peligro, no se esconde en seguida en su refugio, corre y corre dando vueltas hasta descargar el stress que, de persistir, bloquearía su inmunidad. Luego se refiere a la eutanasia, a la forma en que ella querría morir, y a su derecho de elegir esa forma. Sólo es deseable vivir mientras uno sea capaz de pensar y querer. La manera de morir nadie puede elegirla por otro. Nadie puede imponer a otro una manera de vivir o morir. Habla en un italiano cadencioso del miedo a la muerte que nos vuelve miserables. Hay que aceptar la vida en su finitud; ella siempre les dice a los jóvenes que sean conscientes de esto porque la finitud forma parte de la vida y de su precioso valor. Mira a la cámara con sus ojos tan claros, con su rostro inteligente, y reconoce no haber tenido nunca miedo a la muerte, ni en la época de las persecuciones a los judíos que le tocó sufrir.

Su hermana asiente y uno, de este lado de la cámara asiente con ella y pierde el miedo miserable a la muerte, tanta convicción hay en las palabras de Rita Levi, tanta sabiduría trasmiten.

Algunos años después, por un breve recorte en un diario, me enteré de su muerte. Las escuetas líneas no daban la real dimensión de esta mujer y por una vez agradecí a la televisión que desnuda y muestra tanto en ocasiones. Espero que ella haya podido elegir el término y la forma de morir, como quería, o que la muerte la haya llevado con bondad, dueña hasta el fin de su querer y pensamiento.

En Viedma, vi el río Negro deslizarse en su hermoso verde. Los ríos tienen una nobleza que el mar no tiene. Quizás les venga de la inevitabilidad de su destino y de su silenciosa aceptación. Fijados a un cauce, producen crecidas e inundaciones por las lluvias o los deshielos, ellos quisieran transcurrir amablemente. Al mar, tan inmenso, se le pide dominar los movimientos abismales, los vientos y sus propias corrientes. Cuando no lo hace y produce desgracias, se tiene la impresión de que sólo obedece a los caprichos de un gigantesco mal carácter.

Leí *La desembocadura* de Enrique Amorim. Buen tema, pero una mirada poco profunda y una pelea no resuelta con el oficio.

Es muy gracioso observar de qué manera en la misma gente el trabajo de escritora –que le merece consideración cuando de prestigio se trata, adhesión cuando de injusticias se trata e incluso respeto cuando de publicaciones se trata– no significa absolutamente nada cuando de deberes y actividades cotidianas se trata. Quien escribe es una persona y quien cocina es otra. Se exige la misma perfección en una y otra actividad, y puestos a elegir, es mejor que escriba mal y no que se queme la comida.

Ignoro por qué motivo me crispo interiormente cuando la gente cuenta alguna historia y con una feliz sonrisa de complicidad me la regala como tema. Me siento estúpidamente agraviada. No es tan simple, tan directo. Como nuestra situación actual es pródiga en un anecdotario de terror y como tales son mis temas, suponen, los regalos se repiten. No escribo sobre eso, estoy tentada de decir. O sí, pero no de la manera que ustedes creen.

No se puede vivir a ras con una misma. Un pequeño escalón para que esto que es *una misma* no nos haga sucumbir.

El pensamiento, respecto a las personas, sufre de *fatiga de material*, como los aviones. Cuando se piensa demasiado o constantemente en alguien, la fatiga termina por vaciar la imagen de lo que se piensa o es pensado.

Caminos.
5 de agosto. Hoy podé las santarritas, un poco tarde. Algunas ramas apuradas muestran hojas nuevas. Releí unos diálogos que escribí hace un tiempo. Los que no me despiertan resonancias, los rompo. No es ésa la manera de empezar nada si el corazón no se agita. Tengo la imagen de un hombre en camisón con flores verdes. Va y viene, ocioso, camina sin espacio ni destino. Lo veo entre las ramas de las santarritas. Sé de dónde nació esta imagen, este hombre: de una frase cantada que oí en una pieza de Gerardo Gandini. La frase se refería a Schumann, así, en camisón con flores verdes.

Con el tiempo, el hombre de la imagen se transformó en Hue, el personaje principal de *Es necesario entender un poco*. En camisón, *sin* flores verdes.

A medida que pasa el tiempo cada vez estoy más insegura con el trabajo.
¿O será que antes tenía mucha soberbia y ahora sé

que hay lugares que nunca alcanzaré, que hay historias que nunca contaré?

Aceptar lo que uno puede.

Al atardecer, esta sensación: la vida no me alcanza, la vida es demasiado *poco*.

Ayer se murió un pajarito en el jardín. Estaba respirando apenas sobre el pasto seco, los ojos cerrados. Le di agua y bebió un poco. Abrió por un instante los ojos redondos y oscuros, pero en seguida la tela gris del párpado los cubrió de nuevo. No tenía fuerzas ni para asustarse. Cuando la muerte invade un cuerpo, sea de una persona, sea de un pájaro, sólo se parece a sí misma.

Todos los que escribieron antes que yo. Mirando la biblioteca me asaltó la imagen de ese trabajo continuo, obstinado, amoroso. Tantos hombres y mujeres empeñados con las palabras, tan solos, tan unidos unos a otros en esa soledad.

Releí *El diablo cojuelo*. Un idioma maravilloso, el castellano, en boca de Vélez de Guevara. A esta altura, lo que ha quedado del nuestro, perdidas tantas palabras, tomadas tantas otras del inglés, sin sonoridad ni pasado, parece empobrecido. Con menos palabras, decimos menos. Pensamos menos. Incluso mal. Con palabras ajenas declaramos nuestra impotencia, simulamos ser señores cuando sólo somos siervos.

Qué incapacidad para manejar mis asuntos. Cuánto daría por que alguien se ocupara. Por simple ADMIRACIÓN, naturalmente.

He intentado saber cómo pasan otras vidas fuera de mí. Cómo, en qué compañía o soledad, alguien mira el atardecer que miro.

"...Estoy segura de que habría pasado por agitaciones menos desagradables amándote, ingrato como eres, que dejándote para siempre. He comprobado que me eras menos querido que mi pasión."
Cartas de amor de la religiosa portuguesa.

Entonces, se ama no tanto a alguien como al sentimiento que provoca. Pero esto referido siempre a la pasión; si el amor la sobrevive, el otro nos es *querido*.

A veces, en los velorios, los deudos se quedan sin lágrimas: todos los rostros se han secado al mismo tiempo. Entonces, el muerto se sienta, la espalda curvada, y mira a todos severamente. Cuando las lágrimas caen de nuevo, se acuesta otra vez y cierra los ojos, en paz.

Recuerdo lo que decía Vera Gregh sobre lo que necesita un actor para trabajar bien: "Un estado de alerta y tranquilidad".

El destino de muchos seres, como el de muchas bocas, es perder todos los dientes.

Artistas.
Uno está en el escenario del mundo y se prepara para decir su bocadillo. Se lustra los zapatos, hace flexiones como un atleta en el precalentamiento, observa su ropa para saber si todo está en orden. Antes, ha pulido

el oficio, con la esperanza de acceder al arte, de ser un artista. Largas horas muchos días preparándose para ese minuto, fugaz y precioso, en que saldrá al escenario.

Sale y dice: –Buenas noches, señor–. O bien: –La comida está servida.– Quizás cometa un furcio y diga *serida.*

Por ese bocadillo en el escenario del mundo, pasamos goces y trabajos, desalientos y miserias, vivimos instantes de exaltación.

Después nos aplaudirán, o se encarnizarán sobre el furcio, descubrirán excelsitudes o ignorarán rengueras, pero no importa. Es sólo ese instante maravilloso el que nos mueve, cuando asomamos la nariz en el vasto escenario del mundo y ante las luces que no iluminan nuestro trajinar sino que están ahí, iluminando simplemente, decimos: La comida está servida.

Alguien nos empuja con el mismo sueño. Y entonces, sin tener tiempo de inclinarnos para saludar, desaparecemos.

Habría que encarar un estudio de las novelas policiales como vehículos del pensamiento de derecha y el material podría provenir en gran parte de la vieja colección de Emecé, El Séptimo Círculo. La misoginia, la homofobia, la defensa del statu quo.

Algunas novelas parecen haber sido escritas directamente bajo los controles de la CIA. *La estrangulación*, por ejemplo, de un tal señor Knapp, ex oficial de inteligencia, una novela policial contra los movimientos estudiantes, sindicales y de izquierda en Japón. Los criminales se infiltraban por supuesto desde Corea del Norte. No hay disimulo, ya en las primeras páginas, los *buenos* son los otros.

Y en *Contragolpe*, número 357 de la misma colección, de Andrew Garve, la historia relata el secuestro de la esposa de un político prominente por un grupo de terroristas que exige a cambio de su libertad la de un compañero encarcelado en reclusión perpetua. No se salva nadie: ni Wiliam Goodwin, ni Proudhon, ni Bakunin ni Malatesta. Sobre todos ellos, comentarios denigrantes. Me puse furiosa. Que mientras existiera la colección continuaran figurando los nombres de Borges y Bioy Casares como sus creadores es un agravio más. Algo significa el nombre, no se concede con tanta desaprensión o tanto olvido.

Sin embargo, descontando los grandes de siempre, como Chandler o Hammet, otros autores han vivificado el género y lo han llevado a mejores direcciones. Están los autores negros como Chester Himes, con policías negros. Las mujeres, como P.D. James, con alguna investigadora mujer, la Cordelia Gray de esa excelente novela *No apto para mujeres*, traducción insuficiente del título en inglés: *Un trabajo inapropiado para una mujer*. Han aparecido los indios de Tony Hillerman, con Jim Chee, ese policía navajo de la reserva que nos aporta, novela policial mediante, datos de la geografía de la reserva y de las costumbres del pueblo navajo. E incluso los homosexuales, con un detective gay en un medio de gays y lesbianas en una novela de Richard Stevenson que leí hace tiempo y cuyo nombre no recuerdo.

En las novelas de Hillerman he aprendido la palabra navaja *hozro*, que significa la comunión que se obtiene "cuando uno está en armonía con su hábitat, en paz con sus condiciones de vida, satisfecho de su jornada, desprovisto de cólera y libre de toda inquietud".

Y también he leído: "La ley universal es aquella que asocia a cada efecto una causa. Nada tiene lugar sin razón o sin efecto. El ala de un coleóptero ejerce influencia en la dirección del viento, en el modo en que se deposita la arena, en cómo la luz se refleja en los ojos del hombre que contempla la realidad de su mundo. Cada elemento forma parte de un todo, y es allí donde el hombre encuentra su *hozro*, su manera de caminar en armonía...".

Hillerman dedica tanto tiempo a la descripción del paisaje de las reservas de los pueblos navajos, a la descripción de las costumbres y tradiciones que la materia puramente policíaca, íntimamente ligada sin embargo a paisajes, costumbres y tradiciones, se le desperdiga un poco, tiene menos consistencia. Pero de cualquier manera, en el futuro lo leeré no tanto por la trama policial sino por lo que me cuente del mundo navajo.

Con la novela policial se viaja mucho y fácilmente. Se

conoce no sólo Nueva York, Las Vegas o Chicago, también, en Estados Unidos los desolados pueblos del centro sur; sabemos cómo era el París de preguerra o de inmediata posguerra con Simenon, que lleva a Maigret a pueblitos del sur o del norte de Francia o lo hace viajar incluso a Nueva York. Y está Vázquez Montalbán, con su reconocible Barcelona y alrededores, descriptos con tanto cuidado de verosimilitud que se acerca al afectuoso lugar común. Y Nicolás Freeling con quien transitamos por Amsterdam o Peter May por Bruselas, Patricia Highsmith que llena páginas con sus propios recuerdos de viajes, ubica un crimen en el mismo palacio de Cnosos, relata, por interpósita persona, sus visitas a bares de travestis en Berlín o más corrientes a museos, y John Le Carré con su Berlín Este (cuando estaba el Berlín Este) en ese género subsidiario de la novela policial, que es la novela de espías.

Sí, he viajado mucho con la novela policial. Casi diría que olvido rápidamente los argumentos, pero no la época y los diferentes lugares de la acción. Y en el plano estrictamente literario, disfruto la economía del relato, como en *1280 almas* de Thompson, las comparaciones y analogías brutales, casi siempre con una cuota de humor, de algunos autores, referidas al físico de los personajes, los juegos de palabras, hasta el empalagamiento, de Saint Antonio, el estilo seco del Hadley Chase de la primera época o el *morne* y bastante misógino de Simenon...

Nunca leo una novela policial en lo que llamaría "mi tiempo fértil", ni nunca las compro nuevas por una sensación de culpa. Pero han llenado mi tiempo de insomnio o lasitud de la mejor manera: contándome historias de este mundo, como cuentos de hadas para una niña envejecida.

Recuerdo de Carlos Somigliana.

Hace muchos años, cuando éramos unos jóvenes autores, Carlos Somigliana, Ricardo Talesnik y yo recibimos una invitación de los Estados Unidos para conocer el movimiento teatral de sus principales ciudades. Casi al término del periplo, que duró un mes, nuestro guía norteamericano, sorprendentemente ignorante en toda materia cultural y, por sus constantes comentarios sobre el tema, un obsesivo del sexo, nos llevó a una fiesta en San Francisco. Se celebraba en una hermosa casa de madera ubicada en el claro de un bosque de sequoias. Cuando llegamos, en un gran living desnudo, con ventanales al bosque, una pareja bailaba, había quien bebía, quien parecía ido. El guía nos presentó a algunas personas y desapareció. Me senté en el suelo porque no había sillas y un invitado pretendió sacarme a bailar con insistencia de borracho. Crucé los brazos sobre mis rodillas, sin moverme. Al poco tiempo apagaron las luces y en una pequeña máquina de cine pasaron películas pornográficas, mera exhibición de genitales en actos mecánicos. En un punto me sentí asfixiar, salí al exterior.

El cielo era puro y estrellado en la gélida transparencia de enero. Los grandes árboles rodeando el claro donde se levantaba la casa, pertenecían a un mundo distinto. Sólo el frío me hizo volver al interior. Las películas habían terminado, me senté en el suelo a distancia de un hombre con barba rubia, un brazo en cabestrillo. El hombre se acercó, posesivamente pasó su brazo sano sobre mi hombro. Vi a Somigliana con su alta estatura de pie frente a nosotros. Nos vamos, dijo con voz seca, el rostro severo, y me tendió la mano para ayudarme a incorporarme.

Muchos años después de su temprana muerte siempre que lo recuerdo lo hago en ese instante. Alzándose como un hermano protector, cuidándome de extravíos y diciendo: Nos vamos.

"Desde mi primera juventud pensé que cada uno, en este mundo, tiene su *man's land*, donde es su propio dueño. Está la existencia aparente, y luego la otra, desconocida para todos, que nos pertenece sin reserva. Esto no quiere decir que una sea moral y la otra no, o que una esté permitida y la otra prohibida, simplemente, cada hombre de tiempo en tiempo escapa a todo control, vive en la libertad y en el misterio, solo o con alguien, una hora por día, o una tarde por semana, o un día por mes. Y esta existencia secreta y libre continúa de una tarde o de un día a otro, y las horas siguen, una tras otra.

Tales horas agregan algo a su existencia visible. Aunque ellas no tengan su propia significación. Pueden ser horas de alegría, necesidad o costumbre, en todo caso sirven para mantener una _línea general_. Quien no ha usado este derecho, o ha estado privado por las circunstancias, descubrirá un día con sorpresa que no se ha encontrado jamás consigo mismo. No se puede pensar en esto sin melancolía. Me dan piedad quienes, fuera de su cuarto de baño, nunca han estado solos."
Nina Berberova

Hermoso texto. Lástima que sea inconscientemente misógino. Cuando dice "cada hombre" se piensa inevitablemente en las mujeres. Cuánto tiempo vivieron en un _man's land_ (_woman's land_) celosamente controlado.

La muerte es como uno de esos amores con los que se sueña toda la vida, y que cuando se hacen realidad, ya no cuentan.

Anoche salí al patio, hacia mucho frío, había un cielo transparente y una luna llena, muy blanca. Alcé los brazos respirando hondo, pequeña criatura de la tierra frente a tanta inmensidad.

No me explico por qué razón las flatulencias del espíritu, como la costumbre de la queja, por ejemplo, no provocan la misma vergüenza ni tienen la misma censura social que las del cuerpo.

América.
Llegamos a San Pablo un dos de noviembre, en el feriado del día de los muertos. Las calles peatonales del centro habían sido tomadas por los mendigos sin casa. Junto a las paredes de los negocios cerrados, protegidos por sólidas cortinas de hierro y acero, dormían a pleno día en cajas o bajo cartones embreados. De algunas cajas asomaba una mano, un pie, unos tobillos, sucios e inmóviles como en muertos de guerra. El centro de la calle era territorio de los vendedores ambulantes; exhibían, a veces directamente sobre el suelo, desde el producto más sofisticado al más simple: robots a cuerda, aparatos de radio y telefonía, cordones para zapatos, adornos de plástico. Otros puestos vendían mazorcas de maíz, rodajas de ananá, frutas de corazón pulposo. El más pobre de los vendedores ofrecía sobre una tablita cinco cigarrillos, unos caramelos, media docena de palillos para limpiarse las orejas.

Al día siguiente, con los negocios abiertos y las vidrieras a la vista, la multitud de los sin techo había buscado refugio en otras zonas. Sólo un niño permanecía y lo dejaban estar. Descalzo y semidesnudo, metido con medio cuerpo dentro de una caja húmeda por la lluvia de la noche, desde un costado de la calle, a la entrada de un negocio de televisores miraba con ojos absortos un programa norteamericano de dibujos animados donde una bella seducía a una bestia.

Roberto Aizenberg.

1928-1996 (16/2)

Estaba Bobby acostado en su cama de dos plazas. Tenía las manos sobre la cintura, con los dedos encogidos en un puño apenas cerrado, y eran amarillas, de consistencia marmórea. Vestía una camisa blanca de mangas largas, sin cuello, como él acostumbraba a usar, y una sábana de blancura absoluta lo cubría hasta la altura del pecho con un doblez bordado. Cerca de la puerta, en diagonal con la cama, había uno de sus cuadros más grandes colocado sobre un caballete y hacia el fondo de la habitación varias de sus esculturas.

Salvo las pequeñas orejas, un poco encarnadas, los rasgos no habían sufrido mucha transformación, sólo que Bobby parecía infinitamente distante, definitivamente alejado de nosotros, los vivos.

La tarde anterior, en el sanatorio, había estado bromeando con nosotros y con el crítico de arte Samuel Paz. No sé de qué manera la conversación se desvió de la operación de Bobby, que debía efectuarse temprano en la mañana siguiente, y se centró en los bastones que emplea

Samuel Paz para desplazarse. Bobby, con un humor negro que podía permitirse, le sugirió manejarlos como armas de ataque ante agresiones, que fueran bastones envenenados o con una punta acerada, o bien bastones mágicos que lo levitaran en caso de peligro. Y lo extraño fue que Samuel Paz, un hombre habitualmente serio, de modales contenidos, se plegó a las bromas de Bobby, agregó las suyas, y un ambiente de curiosa ligereza se instaló en la habitación. Una ligereza que tal vez habría podido romperse con el roce de una uña, pero que duró hasta nuestra despedida. Detrás de la cama, por encima de nuestras cabezas, un monitor marcaba en una línea verde el ritmo frágil del corazón de Bobby, ese corazón que nos hacía el último regalo a quienes lo queríamos: no transmitirnos su angustia.

Aizenberg era uno de los últimos caballeros de este siglo: consciente de su honor, soberbio en la intimidad con una soberbia desmedida e infantil que no provocaba encono sino ternura, gentil y reservado. Cuando se lo conocía realmente, uno comprendía que su reserva era sólo una huella de agua en la arena.

No fue la nuestra una amistad a primera vista. Tardó más de diez años en concretarse. Yo no sabía cómo acercarme a él ni lo intenté. Cambiábamos dos palabras y nuestra conversación se empantanaba. En la juventud, lo encontrábamos en las exposiciones, sabíamos de sus novias que cambiaba con frecuencia, lo veíamos de lejos, enfundado en un larguísimo sobretodo oscuro que adelgazaba más su cuerpo flaco, tal como aparece en una fotografía de Humberto Rivas.

Más tarde, su compañera Matilde Herrera, que fue su cable a tierra, hizo más fácil el acercamiento, no había mar que separara sino simplemente esa huella de agua en la arena. Y durante la dictadura, ese acercamiento se transformó en profunda amistad cuando el dolor los golpeó tan atrozmente con el secuestro y desaparición de los tres hijos del primer matrimonio de Matilde y de sus parejas. Después, en 1990, murió Matilde y la dura soledad de Bobby por esa pérdida se abrió para nosotros. No era un hombre que se quejara, se volvió más tenue físicamente, más encarnizado con su trabajo, más cercano. Se permitió querernos y que lo quisiéramos, y nos lo hizo saber. A veces lo abracé, y cuando mis brazos lo rodeaban, me sorprendía siempre la fragilidad de esa espalda que tanto había soportado, sin embargo.

Los dos teníamos un código común mediante el cual expresábamos de manera jocosa y púdica nuestro afecto. De esta manera nos despedimos esa tarde en el sanatorio, yo sin sospechar que sería para siempre, quizás porque no quería sospecharlo, y él seguramente sí. Yo pensé después en su última noche, en ese espacio aséptico que instaura la enfermedad para un cuerpo, sin que nadie cercano le dijera una palabra, le tomara la mano como a un niño. Porque niños nos volvemos ante la muerte.

Lo enterramos en una tarde calurosa de febrero, pero me resultaba difícil creer que mi puñado de tierra sobre su ataúd fuera algo más que una triste broma. Durante la noche, antes de dormirme, lo vi en su cama, inmutable y sereno, y a esta imagen se superponían otras. Las de la última vez que comimos en su casa, el recuerdo de esas discusiones enrevesadas que se complacía en provocar, haciéndose el elegido del arte, el aristócrata entre la gente, él, que era de un trato gentilísimo y que trabajó horas y horas en su taller para lograr lo que logró con su pintura; él, a quien ni la vida ni los pensamientos habían preparado para los penas y los exilios que le tocó vivir en la dictadura y que afrontó con coraje, solidario con Matilde y generoso como pocos. Y lo recordé como solía despedirnos en la puerta de su casa en la calle Brasil, con un beso y apretándome contra su corazón.

Tres seres queridos en Barcelona.
En los tiempos de la dictadura militar, Italo Calvino participó de una mesa redonda que compartió con Osvaldo Soriano y Juan Carlos Onetti. Soriano se apartó en seguida del tema –era, creo, sobre literatura– y se ocupó única y apasionadamente de la situación política argentina, de los presos y desaparecidos; Calvino se empeñó en hablar castellano y esta generosidad con sus oyentes se le volvió en contra, empañó bastante la fluidez de su discurso. Onetti, en silencio, soberanamente ajeno, despertaba de vez en cuando para pedir otro vaso de whisky que en la mesa, frente a él, reemplazaba a los de agua.

Una noche, en Frascati, esa ciudad apacible rodeada de bosques y de lagos, encendí el televisor en mi cuarto de hotel. En la televisión italiana, generalmente detestable, vi a las cuatro de la mañana una entrevista a Italo Calvino. La filmación era pretenciosa, con frecuentes sobreimpresiones de Calvino y su interlocutor sentados en un prado. Pero el discurso de Calvino y los pocos momentos en que aparecía sólo su rostro, compensaban el resto. Lo que más me gustó en esos primeros planos fue la sonrisa de Calvino. Cuando sonreía, el rostro se le iluminaba. Entonces parecía un niño, un poco asombrado de su discurrir, como si otro le dictara el fruto de una inteligencia que sólo a él pertenecía.

Daban ganas de abrazarlo.

"Piensa las mismas cosas que uno, pero mal", me ha dicho un amigo, refiriéndose a un conocido común.

Es cierto que a veces nos avergüenza oír nuestras ideas en boca de otro. Una idea nunca viene sola y basta la comparación entre esa idea y el que la pronuncia, entre esa idea y el lugar de donde parte, para que quisiéramos tener otras. A una idea, por más justa que parezca, "hay que ponerle el cuerpo" (y lo que ese cuerpo hace) para probar su verdad o mentira. Por eso, las ideas más justas en boca de los políticos son siempre tan mentirosas.

Hace años, pensé que Rita Levi, Premio Nobel de Medicina, había muerto. Así lo había leído en un pequeño recorte periodístico. Su sabiduría, en una entrevista de la televisión española, me había producido una fuerte impresión, sobre todo porque no era una sabiduría descarnada sino instalada en su cuerpo y en su experiencia. Ahora me entero de que era falsa aquella noticia de su muerte; vive aún, cercana a los noventa. En el diario de hoy figuran sus comentarios sobre Renato Dulbecco, su amigo, también Premio Nobel de Medicina por sus estudios genéticos sobre el cáncer. Dulbecco, a los ochenta y cinco años, aceptó conducir el Festival de San Remo de 1999. Debe de ser un hombre de mucho humor y los comentarios de Rita Levi al respecto son amistosos y divertidos.

Me alegré de saberla viva. Es bueno que aún esté en el mundo y que con su rostro sensible, sus palabras sabias, nos acompañe. Y mientras tanto, sigo deseando para ella que pueda elegir el término y la forma de morir, que la muerte la lleve con bondad, dueña hasta el fin de su querer y pensamiento.

He leído *El lugar sin límites* de José Donoso. Tiene fragmentos muy bellos pero el conjunto es olvidable, como si el tema se lo hubiera tragado, personajes descuidados y otros que rozan lo convencional. Y sin embargo, el tema tiene tanto para seducir, ese prostíbulo de mala muerte, esa Manuela, ese pueblo sin destino, pero todo está escrito, salvo momentos, desde la superficie.

Sept contes gothiques, de Karen Blixen.
Los dos primeros cuentos tienen finales resueltos con verdadera grandeza. La Blixen, una mujer a la que le funcionaba el bocho, que sabía pensar. Y luego, qué rica, extraña imaginación, La primera vez que leí a K. B. fue precisamente en los cuentos góticos, pero en tan mala traducción que no la aprecié. Ciertas características suyas: enunciar a veces los principios de una belleza no convencional, ejemplo: el príncipe Potenziani (*Sur la route de Pise*); la ambigüedad de las relaciones, sin juzgarlas.

"Qué extraña prueba piensa (Fanny) todos estos viejos cuerpos secos, reunidos aquí esta noche; prueban que hace más de cincuenta años, jóvenes parejas amantes y enrojecidas, se han estrechado en un transporte arrebatador. Qué curiosa prueba ofrece esta pequeña mano, gris y seca, de la locura que agitaba jóvenes manos hace mucho, mucho tiempo, en una noche de mayo."
Karen Blixen.

Soñé (¿o era una especie de duermevela?) que en un espacio inmenso, cósmico, del azul de ciertas noches tranquilas, tomadas de la mano con los brazos extendidos, mi madre y yo dábamos vueltas al universo. Era mi madre, no en el cuerpo que yo conocí, sino la madre genérica, el origen de todas las cosas. Y sentí que se cerraba el círculo y que todo estaba bien.

Jenny, de Sigrid Unset.
Insólitamente adelantada para su época. Escribe desde un lugar contemporáneo, de tal manera que muchas veces consulté la fecha en que la novela había sido escrita, probablemente entre 1906 y 1908. Fue publicada en 1911, cuando Sigrid Unset tenía veintinueve años. Una gran escritora también ésta, hoy olvidada a pesar del Premio Nobel. No recuerdo haber visto un libro de ella en ninguna librería. Jenny está sólidamente estructurada pero me pareció que el personaje se le escapa un poco al final, y a pesar de su visión tan adelantada sobre la mujer, se me ocurrió que le concede la maternidad como único camino, la única salida para la felicidad. De cualquier modo, sobre esto tengo dudas. Quizás no leí bien.

El día que mataron a Alfonsín, Dalmiro Sáenz.
Podría haber sido un buen libro dentro de su género.

Pero D. S. no puede, en este caso, caminar sin ensuciar su camino. Cuántas concesiones se permite, cuánta superficialidad. Sin embargo, él ha escrito mejores textos. ¿Por qué simpatiza tanto consigo mismo, por qué se consiente tanto?

Leer a Quevedo.

Me doy cuenta de que no anoto nada sobre los libros de poesía que leo. Cuando son malos, nada tengo que decir, cuando son buenos no lo necesito porque me piden el silencio para leerlos de nuevo. No se me agotan nunca y siempre tengo la impresión de que hay en el poema una palabra, una línea, un secreto que no he develado.

Recibo muchos libros y a veces pierdo el gusto de leer y lo hago por obligación. Recibí *La vida en la cornisa* y *Un amor de agua*, de Inés Fernández Moreno. A las primeras páginas, la obligación quedó arrumbada.

Estoy leyendo a Gonzalo Torrente Ballester, *La saga*

de J.B. Cuando puedo entrar en su barroquismo, lo encuentro encantador, ¡y tan bien escrito! Me dormí sólo con palabras, rodeada de esas hermosas palabras del castellano, ni siquiera juntas en frases, sueltas como piedritas redondeadas por el mar, como cuentas de colores, como flores sonoras, yendo y viniendo por mi cabeza.

El gris, ¡qué color maltratado! Hoy, el mar era gris verdoso, y a partir del horizonte, nubes en todas las gamas de grises. Dentro de todo ese gris, ninguno igual a otro. El sol, que estaba oculto, había arrojado sobre la línea del horizonte, una angosta cinta plateada.

Cuentos, de Bret Harte.
Los compré por necesidad de leer algo liviano. Demasiado liviano y ligeramente irritante, no obstante el prólogo de Borges que apela a sus recuerdos de los doce años. Es de un sentimentalismo cursi donde las clases inferiores (negros y mujeres) son ramplonas y están encandiladas por sus señores. Pero a pesar de todo hay un cuento magistral: *El socio de Tennessee.*

Seguí con los cuentos de Bret Harte. Algunos son realmente muy buenos y otros francamente detestables. Supongo que le costaba mucho encontrar su espacio de soledad; cuando lo conseguía, conseguía también excelentes resultados; cuando no, preocupado por la publicación, terminaba mal, dejaba cabos sueltos, se volvía tonto.

Todo verdor perecerá, de Eduardo Mallea.

Un texto vilipendiado por algunas corrientes, apreciado por otras, más institucionalizadas. ¿Qué factor determina que este texto, con un personaje femenino central, se vuelva inocuo? Hay frases hermosas y justas, hay exceso de adjetivos desafortunados. Pero no es esto lo que se puede elogiar o reprochar, es el tedio de unas vidas que no se conectan con el mundo el que acaba por invadir la novela. Uno podría simpatizar con la lucha de ese hombre contra la adversidad de los elementos, pero no simpatiza, con la frustración de esa mujer, y tampoco ocurre. El lenguaje no es capaz de romperse, puede ser bello pero está agonizando.

Un verdadero escritor, escritora, nunca puede escribir *a la moda*. Dedicarse a las biografías si están de moda o a la novela histórica por razones de mercado. Por más oficio que tenga, no podrá hacerlo. No se trata de intenciones. Uno nunca puede ser la segunda joroba de un camello.

Se me presentan temas, imágenes, pero sin fuerza. Ni yo voy hacia ellas ni ellas vienen hacia mí. Nos miramos desde lejos sin intentar seducirnos.

No escribir por oficio.

Como la ola de un mar caliente, me he sentido envolver por mi trabajo, por el deseo de trabajar. Escribir. Todo comienza por ese amor hacia una tarea que es como una amistad sin fallas. Si alguien falla, soy yo, y cuando vuelvo, esa amistad está ahí, me abre los brazos y me dice: ¿dónde te habías perdido?

Los carnets de oro, de Doris Lessing.

En estos cuadernos, Doris Lessing se propone un plan y lo sigue, es lo que uno diría. Al comienzo, muchas páginas *correctas*, con apreciaciones casi obvias, pero a poco se ilumina, observa sagazmente. Páginas donde hila muy fino.

La Lessing habla sobre el sexo, y no lo hace "como un hombre" o desde un lugar neutro. Habla como una mujer. Jamás es pequeña, jamás parcializa su conocimiento.

Diario, de Alice James.

Hay algún material monótono, pero generalmente alcanza alturas y vuela lejos. De pronto estalla, como la hermana de Leopardi, y confiesa como ella, su soledad, su desolación. No es estrictamente un Diario, escribe porque quiere decir su palabra. Extraño personaje, tan preso de su época, de su familia y de ella misma, de la histeria de su condición de mujer. Y resuelta a escribir casi a las puertas de la muerte, como si la muerte la librara de la responsabilidad –o de la pretendida falta de responsabilidad– inherente a su sexo.

Quería que el Diario se publicara después de su muerte, pero su hermano Henry no se lo concedió. Qué abismos pueden guardar los personajes controlados.

La vida no es el sueño contado por un idiota. Un idiota no cuenta el sueño de su vida. Somos soñadores que contamos nuestra historia, si somos idiotas la contaremos como idiotas.

Mi madre jamás me ha leído. En algún lugar de su universo, yo estoy enteramente escrita. "El que lee mis palabras, está inventándolas." La que inventó mis palabras, está leyéndolas.

Comprender todo es mala cosecha para uno mismo.
No se puede acusar a nadie, no se puede odiar a nadie.

"He ejecutado un acto irreparable,
he establecido un vínculo."
Borges.

Tiempo de almacenamiento, digo yo cuando me interrogan sobre mi trabajo en épocas de vacío. Miento con una tranquila sonrisa. Finjo que las cosas vienen a mí.

Volver a la escritura para vivir en otras coordenadas lo posible o no posible, lo evidente y más oculto.

Difícil es escapar de las propias mistificaciones. La primera: la *sinceridad* con nosotros mismos.

Ayer vi pasar a mi hija frente a mi ventana. Yo estaba distraída mirando hacia el patio. Y de pronto cruzó ella bajo la luz del atardecer, con un largo vestido azul celeste y un ramo de santarritas florecidas en las manos. El color de su vestido y el violeta intenso de las flores. Y sobre todo, la expresión de su rostro, y ese cruzar fugaz bajo la luz de la tarde...

Es necesario entender un poco.
Después del estreno llevé al teatro dos zapallos del jardín. Uno pequeño para el camarín de las actrices, como mascota. Y otro grande, que las actrices mismas querían para el canasto de verduras que aparece en el escenario. Pienso en el pobre zapallo ahí, frente a tanta gente. ¿Qué hago yo aquí?, debe de decirse con su cerebro de zapallo. Estoy para ser hervido y comido. El pobre no se da cuenta de que es casi lo mismo.

He cambiado la cinta de la máquina de escribir. Diez metros de cinta negra yendo de un lado a otro, de un lado a otro. Cuánto caminé con mis manos cuando creí haberlo hecho sólo con los pies.

Dinosaurio.

En el avión de regreso de Madrid escuché esta conversación entre un hombre, muerto de nostalgia, que le decía a otra pasajera: Vuelvo a la Argentina. Viví cuatro años en Palma de Mallorca y lloraba de noche. Como la Argentina no hay. En Palma no hay nada. Factura, no hay. Pan dulce, no hay. Lechuga, no hay.

He escrito un cuento, muy rápidamente. Se llama *Lo mejor que se tiene*. En el fondo, un homenaje a Tarkovsky.

"La vida es la caída de un cuerpo." (Valéry)

Un pescador sacó hoy, de un mar tranquilo, una gran corvina rubia. Al verlo tuve, por simple oposición, la visión de mi hijo en Cadaqués. Lo recordé a los once años, con su cuerpo flaco y tenso que se quema poco al sol, parado con una caña sobre una roca ardiente, inmóvil horas y horas, tratando como ahora de pescar algo que no era un pescadito.

He leído en *Clarín* un artículo de María Gabriela Misraji sobre Beatriz Guido a diez años de su muerte, el 4 de marzo de l988.

En las fotos de *Clarín*, de Annemarie Heinrich, se la ve muy hermosa; en una de ellas, las manos rodeando el rostro, tiene una belleza casi cinematográfica. En la otra, sentada en un sillón barroco tapizado con dibujo de flores, un gran cuadro del período colonial como fondo, está más pensativa; mira directamente a la cámara con el rostro apoyado en la mano, y su belleza no es menor, la regularidad y armonía de sus rasgos sorprende.

La nota me hizo recordar nuestro encuentro –único encuentro– en una confitería situada en la ochava de las calles Florida y Paraguay. Sé que yo no la llamé para citarnos, no recuerdo el motivo de por qué lo había hecho ella. Cuando nos vimos, hacia 1982 o 1983, había engordado y pocos rasgos de esa belleza que muestra en la foto perduraban, pero seguía vivaz, llena de energía, muy conversadora. Serían las cuatro o cinco de la tarde y estaba comiendo huevos fritos. Me dijo, con cierto aire culpable, que no había almorzado. Sé que me limité a escucharla, pero olvidé de qué habló. Sin embargo, me gustó esa mujer con la que yo no tenía mucho que ver, me dejó el recuerdo de una mujer apasionada, directa a su modo, con seguridad de clase alta. Varios días después me llamó para pedirme seis entradas de favor para el teatro donde en ese momento daban *La malasangre*. Se las hice dejar, un poco avergonzada de pedir tantas. No fue. Ni ella ni sus excesivos invitados. Tampoco se disculpó. Pero no pude enojarme, como un caracol no se enoja con lo que no entiende de la naturaleza.

Visión de Sherezada.
"El tedio trae el fantasma de una primera mujer que imprimió heridas al amante. Un cuerpo no basta para traer olvido, En su ritual repetición nocturna, él desprecia en la carne nueva, su antigua confianza. Toda mujer rubrica su ansiedad.

"Por eso Sherezada vela su cuerpo, se vuelve superficie, se despliega en palabras, se funde para él en la sucesión de cuerpos narrados. Enmascara su cuerpo con palabras y así se protege y valoriza, hecha persona."
Claudia Schvartz, *La vida misma*.

Hay que ser un gran escritor para escribir como John Berger lo hace sobre la matanza de un cerdo. Las gatas de Colette, las magdalenas de Proust, el cerdo, los pretextos-textos de la literatura.

Saramago.
Es alto, delgado, suelto y relajado en sus movimientos, ojos que me parecen negros, cejas que se desbordan hirsutas sobre el marco de carey de los anteojos. Viste pantalón azul oscuro, camisa a rayas rosas, chaleco de lana color ladrillo.

La habitación, a la que se accede por una escalera desde la calle, es amplia, llena de objetos y muebles que no se estorban. Sobre una mesita baja, las ediciones en diferentes idiomas de sus libros. Suena repetidas veces el teléfono en otra habitación, donde Saramago atiende a unos periodistas. Su mujer, Pilar, una agraciada andaluza de cabellos negros, nos distrae de la espera mostrándonos planos y fotografías de la casa en donde van a vivir, en Lanzarote. Luego, cuando Saramago aparece ante nosotras, la escritora portuguesa Hélia Correia y yo, se sienta con esos movimientos blandos en un sillón y comienza a hablar como si tuviera todo el tiempo del mundo. Esta es la impresión que da, que aunque sean diez minutos, media hora, entrega todo su tiempo en ese instante.

Muestra mucha curiosidad por la Argentina y siento que no lo hace por gentileza; pide datos sobre su situación política, pregunta por sus nuevos autores, por lo que sucede en este país que le debe resultar tan distante.

No habla sobre él, sólo de su casa en Lanzarote.

El hotel en Guadalajara, México, se alza como un exabrupto ostentoso en una calle de casas y negocios modestos. Por los alrededores el tránsito es incesante y ruidoso.

Me he sentado en un banco de plaza y durante mucho tiempo he contemplado los vehículos para turismo que ocupan un costado de la calle. Son viejos fiacres remozados, una berlina, la mayoría pintados de blanco. Hace calor y por todas partes se ven baldes conteniendo agua para los caballos. Algunos animales están gordos, con la piel cuidada. A otros se les ven las costillas, la piel seca, y se sacuden, mansos y aburridos, bajo el sol inclemente.

Es raro que de una ciudad quede, más que de sus edificios y bellezas, este recuerdo.

A la literatura portuguesa le cuesta sobresalir porque Portugal no sobresale demasiado entre las potencias mundiales. Caso aparte es Saramago, excepción a la regla.

Por qué razón, sino por razones de cultura hegemónica, se publica constantemente entre nosotros a Auster, Sharpe, Amis y tantos otros del lado anglosajón (y se difunden con repetidas notas en las páginas culturales de los diarios) y no conocemos o conocemos poco a Antonio Lobo Antunes por ejemplo, cuya obra alcanza una dimensión que las de esos autores no tienen.

No es que quiera caer, como decía Borges, en "esta melancólica ley: para rendir justicia a un escritor hay que ser injusto con otros". Pero realmente, prefiero ser injusta con Auster, Sharpe, Amis, que no son malos, y no con Lobo Antunes, que es *muy* bueno.

Del *Zibaldone*.
"No basta que el escritor sea dueño de su propio estilo.

Es necesario que el estilo sea dueño de las cosas."

Soñé que venía un hombre y me cortaba la cabeza. Me salía sangre y la cabeza se deslizaba en el interior del cuerpo. Veía el cuerpo por dentro. Paredes, como una casa pintada de rosa. El cuerpo me tuvo lástima y abrió una ventana. Y por la ventana no hice más que ver mi cuerpo con la cabeza sobre los hombros, soñando.

Mi madre me mira desde una foto. No puedo creer que sea _desde_ una foto. Me mira y sonríe.

Saramago.
No he podido terminar _Los cuadernos de Lanzarote_. Me he preguntado por qué. Quizá su estilo no se preste a este tipo de escritura, que se hace pesada y no siempre despierta interés. Trata de mostrarse distante pero hay una excesiva mención de sus logros, de los aplausos que recibe o de los estudios sobre su obra. Está menos modesto, Saramago, esas referencias sobre la importancia de los invitados que sienta a su mesa, él, que sabe hablar tan bien de los humildes.

Siempre pienso, con un asomo de piedad, en quienes creen que cualquier arte requiere poco y no tienen paciencia para esperar sus resultados. Salvo unos raros elegidos (quizás Mozart, Rimbaud) los demás debemos contar con la persistencia en el esfuerzo. Leyendo el *Zibaldone* me alegró encontrar este fragmento: "Estimar que escribir bien es cosa fácil o poco difícil, y confiar de poder o saber hacerlo cómodamente aprendiendo con poco, es signo cierto de no saber hacer nada, y de estar sólo en los comienzos de la posesión de un arte o muy atrás (así es generalmente para todas las artes, ciencias, etcétera). De estas observaciones se puede deducir cuántos pueden ser aquellos que perfectamente conozcan el precio, y estimen el trabajo, el saber, el arte y el artificio de una perfecta escritura y de un perfecto escritor".
(Leopardi, 12 de octubre 1823, domingo.)

En este momento, después de tanto trabajo como pedía Leopardi, y aún lejos de la "perfecta escritura", tengo menos miedo sin embargo de estar yo misma entre mis personajes. No me asusta hablar con mi voz ni con mis sentimientos, como otra criatura más. Antes tenía miedo de introducir de mala manera esa presencia autobiográfica que arruina tantas primeras obras. Me disfrazo menos en el artificio, y quizás esa mirada *personal* sea más misericordiosa que la mirada de escritora que muchas veces desatiende mi deseo y se vuelve implacable. Sé también que las dos deben marchar juntas porque quizás el oficio de escribir sea un largo camino para juntar al cabo la mirada desvalida e impotente de quien *ve* y la mirada de quien transforma e intenta ordenar el mundo a través de la escritura.

Escribir es *también* vivir, no está separado ni opuesto, no funciona como alternativa de la acción ni de los placeres y dolores que llamamos vida. Cada palabra que elegimos y que nos elige posee la riqueza y complejidad de un acto vital y se inserta en el mismo conjunto de relaciones.

Todas las historias que no podré contar. Me moriré antes. Ahora, cuando ya intuyo lo que no sé.

Desplazar, concentrar, mirar de costado o bien con mirada circular.
  Escribir.